われ清盛にあらず

源平天涯抄

若木未生

祥伝社文庫

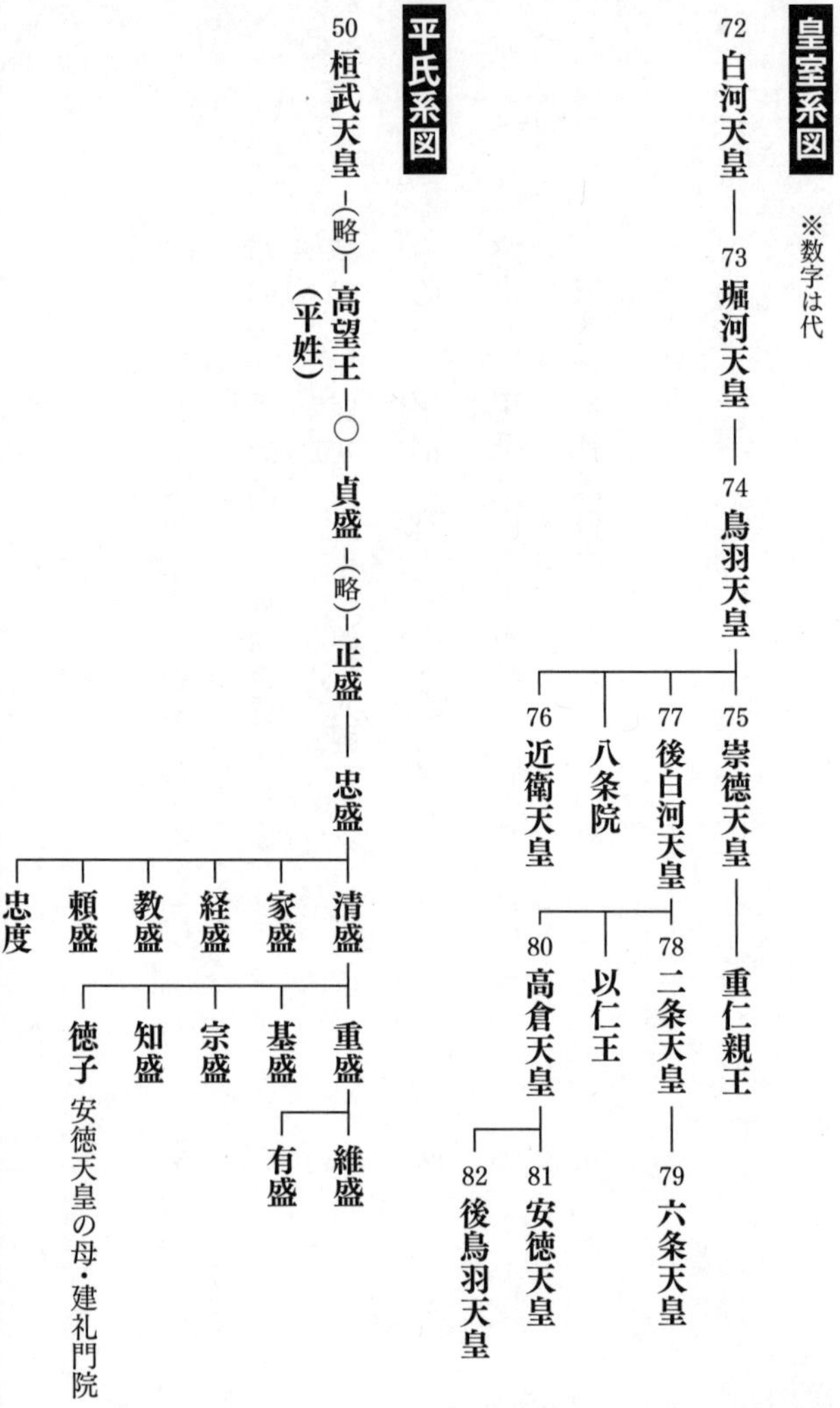
皇室系図
※数字は代
72 白河天皇
73 堀河天皇
74 鳥羽天皇
75 崇徳天皇
重仁親王
77 後白河天皇
78 二条天皇
79 六条天皇
以仁王
80 高倉天皇
81 安徳天皇
82 後鳥羽天皇
八条院
76 近衛天皇
平氏系図
50 桓武天皇
(略)
高望王
(平姓)
○
貞盛
(略)
正盛
忠盛
清盛
重盛
維盛
有盛
基盛
宗盛
知盛
徳子
安徳天皇の母・建礼門院
家盛
経盛
教盛
頼盛
忠度

系図／三潮社

序

ときは泡沫《ほうまつ》にして珠玉《しゅぎょく》のごとし

一

踏《トウ》、と。

足先をさばく。

そのしぐさによって大地におのれをつなぐのだ。

(踏、踏、踏)

ふみしめる。浮く。およぐ。またふむ。

舞踊の本質である。

(旋《セン》)

めぐれ。

ひとまわり、匂《にお》やかに。ふたまわり、嫋《たお》やかに。

祇王《ぎおう》は男の装束《しょうぞく》をまとい、立烏帽子《たてえぼし》をかぶり、ひかる世界の輪郭をつまさきだってすすむ。

踏、踏、踏、旋。

舞えや。

歌え。
鼓《つづみ》よ、うちならされよ。

——みなみなさま。
ここに舞いまするは、白拍子《しらびょうし》、祇王御前にございます。
この芸、当代一。
歌うは、今様《いまよう》。
今様とは、このごろ京《みやこ》におきまして、賤《いや》しきものどもの口と耳をたのしませる歌。
白拍子とは、このとおり男の水干《すいかん》をまとい、今様を歌って舞う女。
四方の守護よ、南の朱雀《すざく》、北の玄武《げんぶ》、西の白虎《びゃっこ》、東の青龍《せいりゅう》。
風神も雷神も、とくとご覧あれ。
天地神明、ご照覧あれ。
ここに、祇王は立っておりまする。
今宵《こよい》、ひとりで舞いまする。

口上をのべ、祇王は胸をはる。

まっさらの風を身体《からだ》にとりこむ。

熱く波立った肉体が、天の楽器にかわる。

朗《ろう》、と格別の音をひびかせる。

祇王が歌いだせば、宴席の貴人はだれもかも、魂を蕩《とろ》かされ、くちびるをゆるめる。

この世の覇者である入道相国《にゅうどうしょうこく》、平 清盛《たいらのきよもり》でさえ。

(天地神明……ご照覧あれ)

祇王は、歌うのが好きだ。

口や喉からではなく、身体の奥底の源泉から燦々《さんさん》とひかる声を汲《く》みあげ、月へと放つ。

さすれば、きららかな粒子が夜空にひろがり、天の枢《かなめ》と祇王をむすぶ紐帯《ちゅうたい》があらわれる。

ひとすじの糸にも似た諧調があらわれる。

その貴《とうと》い手応えが、祇王は好きだ。

祇王が舞えば、宴座の景色が一変する。

時は凝固《ぎょうこ》し、反転する。滝の清水が浮いてとどまり、さかさに流れだすように。

祇王の舞いには、罪深さがやどる。

天女の舞いを盗みとってきたかのような、罪業《ざいごう》の香りが。

いさぎよい足のさばきに添い、真白の小袴《こばかま》が衣擦《きぬず》れの吐息をもらすのも、またなまめかしく、邪《よこしま》に、見るものの惑乱を誘うのだった。

おどれ。

舞いて、舞えや。

生きて、舞えや。

まわれ。

果てなく、めぐれ。

(どなたが、わが舞いのゆくすえを)

客人たちを魅了する所作にまぎらせ、祇王は宴座を見わたす。

(……いったい、どなたが、見届けてくださるのだろう?)

祇王御前の名を、どなたが最後まで、忘れずにいてくださろうか。

一天四海《いってんしかい》のすべてを掌握《しょうあく》なさり、栄華《えいが》を極める平家の棟梁《とうりょう》、平清盛。

今様をこよなく愛される、奇抜なる魔物、後白河《ごしらかわ》法皇。

このふたりこそが、いまのこの国の頂点にちがいない。

すなわち、両者が座する宴《うたげ》に舞う祇王もまた、この国の頂点に辿《たど》りついた白拍子だった。

けれど。

ほとけは常にいませども
現《うつつ》ならぬぞあはれなる
人の音せぬ暁《あかつき》に
ほのかに夢に見えたまふ

これは、あのおかたの好まれた歌。

変わりもので、不器用な、あのおかたのための歌。

そう思いながら、祇王は舞う。

(仏性《ぶっしょう》は……いつであろうと、変わらず、おいでになっている。現実の世に、そのお姿は見えずとも……。あかつきの夢に、ふと、まみえることもありましょうか)

祇王の舞いと歌が幽玄の境《さかい》にいたれば、異界との扉もひらかれる。

ざわら、ざわらと、なにものかの気配がしのびよる。

光も、影も、ここへ来よ。
みなみな、舞い歌え。
ひとにあらむも、ひとにあらずも。
妖《あやし》も、神も。
みな、おどれ。

――すこし離れたところから、ひとりの童子が、祇王の舞いを見ていた。祇王の歌を、聴《き》いていた。

奇妙な童子だ。

裸足《はだし》で立っている。

身には、薄汚い襤褸《ぼろ》をまとっている。

顔には、風変わりな、木製の面をかぶっている。

へたくそな手つきで、ひどく乱雑に彫られた面だった。

人の顔をかたどった面ではない。猩々《しょうじょう》の面でもなく、獅子《しし》の面でもない。ふたつのまるい目玉が、面のほとんどを占めるほど大きい。

あれは、なにをかたどった仮面であったろう。

祇王は思いだせない。

おのれは、あの童子を知っているだろうか。

祇王にはわからない。

(つねにいませども……うつつならぬぞ)

童子は、つねに、そこに佇《たたず》んでいる。

気づかれぬだけなのだ。

真昼に天にあがった、仄白《ほのじろ》い月のように。

ひとの、まことのこころのように。

二

——寿永《じゆえい》二年(一一八三)、十一月。

「父上。これが鎌倉《かまくら》の海にございますな。綺麗《きれい》な海です!」

由比《ゆい》ケ浜《はま》のはてを指さし、馬上にある平為盛《ためもり》は、つとめてあかるい声を出した。

あかるくなければならない。

父、平頼盛《よりもり》という人物の、ここ鎌倉までいたる数奇な生きざまに、為盛は重苦しい翳《かげ》りをまとわせたくないのだった。

父を尊敬しているからだ。

為盛は二十四歳。頼盛の次男である。

才気煥発《さいきかんぱつ》にして、鷹のごとく勇壮な武者《むしゃ》であった。

平家一門の公達《きんだち》のひとりとして、かがやかしき栄華に浴してきた。

祇園精舎《ぎおんしょうじゃ》の鐘の声、諸行無常の響きあり。

娑羅双樹《しゃらそうじゅ》の花の色、盛者必衰《じょうしゃひっすい》の 理《ことわり》をあらわす。

おごれる人も久しからず、唯《ただ》春の夜の夢のごとし。

たけき者も遂《つい》にはほろびぬ、偏《ひとえ》に風の前の塵《ちり》におなじ。

永劫《えいごう》につづく盛運はこの世にはない。

平清盛という、あまりに大きな傑物が、平家一門をこの日本国の頂点にまでひきあげた。

ゆえにこそ、二年前に清盛を喪《うしな》った平家には、ひといきに坂道をころがりおちるような……必衰の理しか残されていなかった。

「険《けわ》しい海だな。波が荒い」

頼盛が言った。

曇天《どんてん》の下、容赦《ようしゃ》のない寒気が水面《みなも》をなぶっていた。

頼盛、このとき五十一歳。

彼にとっては、もはや晩年にあたる。

しかし輿《こし》は使わず、京《みやこ》から鎌倉までの路程も、馬に乗ってきた。頼盛は、権大納言《ごんだいなごん》にまでのぼりつめた公卿《くぎょう》だが、いっぽうで鍛錬《たんれん》をかさねた武門《ぶもん》の男でもあるのだ。

「田舎《いなか》の海の匂いがする」

為盛の隣の馬から冷笑的に評したのが、長男保盛《やすもり》である。こちらは二十七歳。ひねくれた言いようではあるが、これは保盛なりの精一杯の妥協である。源氏方の本拠地、鎌倉を屈託《くったく》なく褒《ほ》めるのは難しい。

保盛も父を慕《した》っていないわけではない。

そうでなければ、はるか鎌倉へまで同道などしない。

ましてて、これは平和な旅ではない。

亡命である。

「鷺《さぎ》はいるか」

頼盛が尋《たず》ねた。

「おりますまい。海になど」

保盛がきりすてた。

「父上は鷺がお好きですな」

為盛は笑《え》みを浮かべて話をつないだ。

「そうだな。好きだったのやもしれぬ」

頼盛は、どこかで考えごとをしているような顔つきでつぶやいた。

ときおりうわのそらに見えるのが、この父の癖《くせ》だ。

息子の為盛にも、父の内面のすべてはうかがい知れない。

平頼盛とは、不可思議な人物である。

あの平清盛に次ぐ家督《かとく》継承者であったにもかかわらず、兄を越す野心を抱《いだ》かず、つねに清盛の影となって生きた。

ときには兄清盛の意向にそむいたため罰され、ときには謀叛《むほん》の疑いをかけられもしたが、そのたびに失地を回復し、清盛の死まで従順に寄りそいつづけた。

戦《いくさ》に出せば、よく働く。

国司《こくし》となれば、よく務める。

それでいて、おもてに熱意を見せるということがない。

手柄を吹聴《ふいちょう》することもしない。

武骨さはないが、虚弱でもない。

しごく平凡な人物に見えて、ときにとびぬけて鋭利な思索を感じさせる。

総じて、よくわからぬ。

めずらしいおひとだ、と為盛はつねづね思っている。

今年七月、木曾義仲《きそよしなか》の屈強な軍兵《ぐんぴょう》が京になだれこんだ。平家一門は京の本拠地六波羅《ろくはら》を捨て、西へと落ちのびた。

この平家都落ちに加わらず、鎌倉へむかったのが、頼盛である。

「源頼朝《みなもとのよりとも》どのと、ついにお目にかかれます。どのようなおかたか、楽しみにございます」

為盛はいささか硬い声で言った。

宿敵源氏の棟梁と会うのだ。

緊張はする。

「右兵衛佐《うひょうえのすけ》頼朝か」

頼盛がつぶやいた。

「めんどうくさい相手だ」

「父上は、すぐに『めんどうくさい』と仰《おお》せになる。お人柄を誤解されまするぞ」

「いや……あれはほんとうに、めんどうだったのだ」

ふ、と頼盛は口元で苦笑いをした。

「そうか。わたしが右兵衛佐と会ったのは、二十年以上も昔の話になるか」

一刹那《ひとせつな》で駆け去った年月が、頼盛の眼前によみがえる。

世のなにもかもがいきいきとまばゆく、甘美であったあのころ……。

三

平治《へいじ》元年（一一五九）、十二月二十六日。

京に戦があった。

（敗れたのは、だれか）

――よくわからぬ、と、平頼盛は考えた。

騒擾《そうじょう》の中心人物は、藤原信頼《ふじわらののぶより》。

後白河上皇の寵愛《ちょうあい》めでたき、醜《みにく》い男だった。

（そう……ずいぶんな醜男《ぶおとこ》であった。おまけに太りすぎていた。馬に乗せれば、鞍《くら》からころげおちるほど……）

後白河院の寵愛が、いっとき、その醜男に傾注されたのは事実である。数多《あまた》の美姫《びき》や美男を食い飽《あ》きた後白河院にとっては、たまさか口にあう珍味であったのやもしれぬ。どのような味であったか頼盛には想像もつかない。

戦のはじまりは、朝廷に権勢を増していた知識人の信西《しんぜい》入道を、その信頼が疎《うと》ましく思い、謀殺したことにある。

信頼の下《もと》、軍兵を率《ひき》いたは、武門源氏の棟梁、源義朝《よしとも》。

かれらは信西を排斥《はいせき》し、政《まつりごと》の実権を握ったかに見えた。

この狼藉《ろうぜき》に、朝廷の主流たる公卿貴族らは激怒した。

公卿貴族らはすぐさま、武門平氏の棟梁である平清盛と結んだ。まず隠密《おんみつ》裏に、二《に》条《じょう》天皇と中宮および三種の神器《じんぎ》を内裏《だいり》から脱出させ、国体の安全を確保した。そののち、平氏の兵を内裏の外郭《がいかく》である大内裏《だいだいり》に突入させて、源氏の兵を討った。

結果、信頼と義朝が敗れた。

ひらたく語れば、そうなる。

だが、まことにそうなのだろうか。

いまの頼盛には、よくわからぬのだ。

(勝ったのは、だれか)

それは、わかっている。

頼盛の兄、平清盛そのひとである。

源氏と平氏の軍勢がいりみだれた合戦は、およそ一日で終わった。

藤原信頼は、合戦なかばで戦場《いくさば》から遁《に》げた。後白河院のこもった仁和寺《にんなじ》に行き、たすけを求めたが、後白河院は信頼のためにうごきはしなかった。信頼は捕縛《ほばく》され、翌二十七日には六条河原《ろくじようがわら》で斬首された。

源義朝は、清盛がいる本陣の六波羅にまで攻めよせはした。しかし勝機をつかめず、息子たちをともなって落ちのびていった。

むろん頼盛も、戦には出た。

清盛の弟である頼盛と、清盛の長子である重盛《しげもり》とが、平氏方の大将軍として、ふたり並び働くこととなった。いずれも最前線に立ち、源氏の武者どもと対峙《たいじ》した。

ほろほろと降る細雪《ささめゆき》のなか、敵味方の骸《むくろ》と血とが、無言で湯気をあげていた。おそれおおくも大内裏のすべらかな玉砂利《たまじやり》ですら、夥《おびただ》しき人馬が踏み荒らし、叫喚《きようかん》の舞台に変えた。

(わたしは、たしかに武家の男である。戦のために生きている。さりとて、かくべつ

に愉《たの》しくはなかった……。戦というものは、愉しかったためしがない）

合戦のすぐあとに大晦日《おおつごもり》がきて、新年となった。

頼盛の位階は従四位上《じゅしいのじょう》、官職は年末の除目《じもく》（任官の儀式）をうけて尾張守《おわりのかみ》。年始とともに二十八歳となったばかりである。

源義朝と郎党《ろうとう》や息子たちの死にざまに関するしらせは、年末年始のあいだ次々と京へ届けられた。

義朝と、忠臣の鎌田兵衛正清《かまたのひょうえまさきよ》は、坂東《ばんどう》へ落ちゆく途上の正月三日、尾張国は野間《のま》の内海《うつみ》において死んだ。正清の舅《しゅうと》である長田庄司忠致《おさだのしょうじただむね》によって殺されたのだ。義朝、正清、ともに享年《きょうねん》三十八。

長田忠致は、鎌田正清の妻の父にあたり、昔から源家に仕《つか》えた人物であった。裏切りは予期しえぬものだったろう。

義朝の首級《くび》は、忠致と息子景致《かげむね》によって京の六波羅まで運ばれ、宿敵清盛とふたたびまみえた。

主を討った忘恩《ぼうおん》の身にもかかわらず長田父子は多大すぎる褒美《ほうび》を求め、清盛と重盛の怒りをかったという。

いま、平治二年正月。

平清盛は四十三歳。

だれもが目を細めて見るほどに、まばゆく輝かしき男ざかりのころである。

そのはずであったが――。

「こまったものだ。わが父上の奇矯《ききょう》」

正月九日、頼盛が六波羅の泉殿《いずみどの》を訪れると、中門廊《ちゅうもんろう》では、甥《おい》にあたる重盛がそうこぼしていた。

泉殿は、清盛の屋敷であり、六波羅の中枢である。

六波羅という地は、京の東南、五条大路と六条大路のあいだを洛外《らくがい》まではみだしてゆき、鴨川《かもがわ》の清流をこえたところにある。

葬送地、鳥辺野《とりべの》の間近だ。

先代の忠盛《ただもり》が六波羅館《やかた》をかまえて以来、この土地には一族郎党の邸宅がならぶ。

泉殿の南には、頼盛の屋敷、池殿《いけどの》がある。

頼盛とは母のちがう兄弟、経盛《つねもり》や教盛《のりもり》なども、こぞって六波羅に屋敷を置いた。

平安京を整然と区切る碁盤目《ごばんのめ》の外、死者の土地の入口にあって平家一門がかためるそこは、ふつうの住居空間ではない。

――武家の領域。

安穏《あんのん》とした貴族の邸宅とは、匂いが異なる。

武門は、絢爛《けんらん》を目的としない。絢爛を築いた先にある権勢をめざす。そういった野心を内包する。

財はじゅうぶんに足る。

海賊討伐《とうばつ》を得手《えて》とし、海のむこうの宋《そう》との交易にもたずさわる伊勢《いせ》平氏の財力は、莫大《ばくだい》であった。

惣領《そうりよう》邸の泉殿は、その財力に比すれば意外なほど質素なつくりである。

当世の貴族の屋敷は寝殿《しんでん》造りであり、正殿《せいでん》の東西それぞれに対屋《たいのや》を置くものだが、泉殿には東の対屋がない。

かわりに、東廊《とうろう》の床下からみごとな泉が湧きだして、澄んだ水面を光らせている。

それゆえ、泉殿と呼ばれる。

大邸宅でなくとも、こまやかに目がゆきとどき、上品で趣味のよい屋敷である。

厳冬の寒気に蒼《あお》ざめた水際に、黄金《こがね》色の石蕗《つわぶき》が花をつけていた。

「兄上がこまったものとは、どうしたのだ。大丈夫か」

頼盛は重盛の背に声をかけた。

「ああ。これは、池殿の叔父上」

二十四歳の重盛は、歳の近い叔父の登場に表情をただして頭をさげた。

重盛このとき、従四位下《げ》、伊予守《いよのかみ》と左馬頭《さまのかみ》を兼任する。

まとう装束は、出世人にふさわしい上質な縫取織《ぬいとりおり》の、正月らしい雪白《せっぱく》の地に青色を裏打ちした狩衣《かりぎぬ》と、真新しい立烏帽子。

文武両道にすぐれ、狡《ずる》さのない、気持ちのよい顔かたちをしている。

清盛の嫡子《ちゃくし》という立場を加味するまでもなく人望あつく、まじめな気質の青年である。ときとして生硬《せいこう》すぎる性格ともなるが、若さの産物といえよう。

対して、頼盛の本質も、まじめな男ではある。

が、頼盛のまじめさは重盛のまじめさとは似ぬ独特なものであるため、世人《せじん》にはなかなか理解されない。

頼盛には、生来《せいらい》、武人らしき闊達《かったつ》さや覇気というものがない。いつもすこし憂鬱《ゆううつ》げにおもてを曇らせている。

そして浮き世とはかかわりのない小難しい思案に頭を占められているように、見える。つまり、うわのそらに見える。

着るものも、みっともなくなければよいと考えているので、とくに特徴のない顕文《けんもん》紗《しゃ》の狩衣である。松重《まつがさね》の色目に、小ぶりな松唐草《まつからくさ》の文様。くたびれていない程度の立烏帽子。まちがってはいないが、正月のにぎにぎしさもない。

「叔父上。お聞き流しください。つまらぬ、ひとりごとでありました」

「いや。大仰《おおぎょう》にかまえる必要はない。わたしとて兄上がよく周りをこまらせることは承知しているし、いまおぬしに大丈夫かと尋ねはしたが、なんとなく尋ねただけだ。もし仮に兄上のたいそうな奇行をうちあけられたとて、わたしでは役に立ちもしないであろう。せいぜい大声で盛国《もりくに》や家貞《いえさだ》などを呼びつけて、兄上のお守《も》りをたのむことしかできぬ」

　頼盛があまりにも真顔でそんなことを言うので、重盛は眉間《みけん》に皺《しわ》をきざんだ。

「叔父上が役に立たぬということなどはありますまい。親父さまは、左馬頭義朝の首級が届いたことで、ひとかたならず、感慨に耽《ふけ》っておられるようすなのです。叔父上のお顔を見れば、気も晴れましょう」

「おぬしはだれに対しても優しく如才《じょさい》のない男だが、わたしにまでそう気をつかわずともよい。みんなの心配をしていては疲れるであろうし、胃も痛むであろう。どうやらわたしも、おぬしをこまらせているようだ。悪気はないのだが、すまぬな」

「とんでもございませぬ」

　重盛は渋面《じゅうめん》を深くする。

この変わりものの叔父の言葉は、つねづね予想外に率直で、重盛の手にはあまるのだ。

「義朝の子らの捜索は、いかがですか。長男の悪源太義平《あくげんたよしひら》は、坂東めざして遁げているとのこと。次男の中宮大夫進朝長《ちゅうぐうだいふのしんともなが》は、道中の矢傷で死んだとか。三男の右兵衛佐頼朝は、やはり尾張にいるのですか」

重盛は話題をかえた。

頼盛は、戦の直後に尾張守に任じられたこともあり、かれらを拿捕《だほ》する責務を負っているのだった。

源義朝の長男、義平の蛮勇《ばんゆう》はすさまじいものであった。

悪源太の「悪」とは、この場合は謗《そし》るための文言《もんごん》ではなく、強さへの賛美として与えられる一文字である。

「さて、まだわからぬ。ともかくは信用のおける家人《けにん》らを尾張の方面へ送り、源氏ゆかりの宿《しゅく》などをあたらせている。なれど、義朝の首級があげられたと知れば、かの悪源太義平という猪突猛進《ちょとつもうしん》の男、おとなしく坂東へくだるかどうか。京の警護にも、いっそう気をくばるべきかもしれぬ」

「まさか、悪源太といえど、いまさら京に戻る気概があるとは……」

「むろん、わからぬ。すべてわたしの他愛ない想像である。三男坊の右兵衛佐についてはもっとわからぬ。めんどうくさい」

「めんどうくさい？」

重盛が、あっけにとられた。

めんどうくさいなどという、倦怠《けんたい》に類する気分は、重盛のなかには欠片《かけら》もみつからぬからであった。

完膚《かんぷ》なきまでの勝ち戦の余韻《よいん》はいまだ新しく、約束された未来の栄耀栄華《えいようえいが》に、一族郎党が浮きたっているときなのだ。

そんな重盛の微妙な反応には、頼盛は気づかない。

頼盛も、べつに積極的に怠《なま》けたいと願っているわけではない。

ただ、敗者たちの末期《まつご》を見届けたならばそれで万事安心といえようか……と、疑問をいだくだけだ。

「右兵衛佐頼朝は、こたびが初陣《ういじん》、歳《とし》は十三か十四と聞いたが」

憂《うれ》いに傾いた面持《おもも》ちのまま、頼盛はひとりごちる。

「めんどうな歳ごろだ。扱いづらい」

＊＊＊

平清盛は、ひとりで酒を飲んでいた。

否《いな》、厳密には、清盛はひとりではなかった。彼は、杯《さかずき》を酌《く》み交わしていた。生命《いのち》なき者を相手に。

「なんです。兄上は、まだそのような！」

清盛の座する北母屋《もや》に参上した頼盛は、さすがにいつもどおりの低温の態度を保っていることはできず、声をとがらせた。

なるほど、孝行息子の重盛が、父のおこないに閉口するのも道理であった。

円座《わろうだ》にあぐらをかく清盛の前には、人間の頭部がひとつ、無造作に置かれている。

討《う》たれた源義朝の首級が。

「そのようなものを、いつまで見ているのです。そんな、しなびた生首などを。悪趣味が過ぎます。家中の女たちをも、さぞ気味悪がらせておりましょう。だれもが、酌をするどころか寄りつけずにいるではありませんか。そればかりでなく一門の者ががっかりいたします。兄上は戦に勝ったおかたなのですから、めでたき勝者らしくふるまってくださらねば、われらの戦った甲斐《かい》がなくなります」

「まあ、そう、きりりと目くじらを立てるな。ヨリよ。おぬしは一本気なやつだから、言いたいことはわかるがなあ」

清盛が鷹揚《おうよう》に答え、右手の爪で首の後ろを掻《か》いた。

そして、みずからの頭と胴がつながっていることを確かめるように、そこを掌《てのひら》で二、三度こすった。

正四位下《しょうしいのげ》、大宰大弐《だざいのだいに》という破格に高い官位につき、いまや一門の命運を背負う立場にあっても、清盛のしぐさには童子のような軽妙さがある。

兄のそういう肩肘《かたひじ》はらぬ性状を、頼盛は好ましく思い、羨望《せんぼう》もする。

清盛の体軀《たいく》は無駄なくひきしまっているが、武門の男としては小兵《こひょう》である。俊敏にくるくる動く両眼には、世の変化の一片をも見のがさぬ貪欲《どんよく》な知性が棲《す》んでいる。

平家の世がいっそうさかえたのちには剃髪《ていはつ》して僧形《そうぎょう》となり入道相国と呼ばれるようになる清盛も、このときはまだ、黒々とした鬢《びん》を烏帽子の下にのぞかせているのだった。

指貫《さしぬき》の裾《すそ》をたくしあげて座る姿勢も、粗野には見えない。所作のはしばしに、品のよさがにじむためであろう。

「もしや兄上は、戦勝が、うれしくないのですか」

「ふふ」

ゆたかな口髭《くちひげ》が口角とともにつりあげられる。清盛は苦笑いの表情をこしらえた。精悍《せいかん》な頬《ほお》に、人間くさい愛嬌《あいきょう》が滲《にじ》みでた。

「おれとて、こやつに戦で勝ったことは喜んでいるのだ。こやつが死んでくれて心底《しんそこ》安堵《あんど》もしているのだ。これより平家は、武家でありながら朝廷の奥の奥へと踏みいり、藤原摂関家《せっかんけ》をも凌駕《りょうが》する力を得てやるぞ。源家棟梁のこやつも、さぞかし、いまのおれとおなじものになりたかったであろうなあ」

「左馬頭義朝は、しょせん坂東の田舎武者。兄上とは、もとよりおなじものではありませぬ」

「さて、どうかな。われらの父上も、武士にして初めての殿上人《てんじょうびと》となるまでには、たいへんな苦労をなさったぞ。貴族らのまなこで見れば、武士はどれも武士、卑《いや》しき身分の、最下品《さいげぼん》の乱暴者よ。なあ、ヨリよ。おれと義朝は、ほんのわずか、どこかがちがっていただけなのだ」

「兄上は、この世のいかなる武者とも似ておられませぬ。ゆえにこそ、兄上には未曾《みぞ》有《う》の栄華もふさわしいのです。もし仮に、こたびの戦が起こらなかったとしても、左馬頭義朝の器量では兄上に並び立つことはできなかったはず」

「ははっ。ヨリはおれの話となると熱心にしゃべるものだ。もうすこし、自分自身の器量や手柄を大声で威張《いば》ってみよや。おぬしは自分の話をさせると、とたんに声が小さくなると、池殿の母御前《ははごぜ》が気にかけておられる」

「わたしの話は……どうでもよいのです」

頼盛はおもてを伏せ、咳《せき》払いをした。

とくに実母である池禅尼《いけのぜんに》が話題にあがると、頼盛は気重《きおも》になるのだった。

池禅尼は亡き父忠盛の正妻であり、忠盛の死後、出家し髪をおろしたのちも平家一門に影響力をもつ人物である。

頼盛は彼女の実の息子だが、清盛はちがう。

清盛の生みの母は、さだかではない。

それでも一門の棟梁は清盛である。

正妻の子の頼盛が家督を継がずにいる現実を、池禅尼はいまだ呑みこめぬ。隙《すき》さえあらば頼盛を上へ押しあげようと、母は必死である。

いつまでも必死であるのは、母だけだ。

頼盛には、ただ、めんどうくさい。

「ヨリよ、おぬしも座れ。ちょっぴり座って、一献《いっこん》やれ。おぬしは賢い男だから、おれの気持ちがわかる。おかげでおれの気も晴れる。たしかにおれは、そろそろこの愚行をやめなくてはならん。シゲからも盛国からも口うるさく説教をされるしなあ」

清盛に促され、しかたなく頼盛は兄の傍《かたわ》らに座し、胸元へおしつけられた土器《かわらけ》の杯をうけとった。

清盛はまず、折敷《おしき》より清盛自身の杯をとりあげて、いっきに飲みほした。手ずから銚子《ちょうし》を傾け、空《から》にした杯を新たな酒で満たすと、それを義朝の生首の前に置いた。

そして頼盛の手のなかの杯にも、清盛の銚子から酒が注がれた。頼盛は恐縮した。

「かたじけなく存じます」

「つまらん遠慮をするな。これからの平家には、おぬしがますます必要なのだ。胸をはっておれ。おれがひとりでできる仕事など、たかが知れている。平家一門は、よろずのことに結束をもってあたらねばならぬ」

「むろんにございます。ですが」

頼盛は、確信をもって言う。

「きっと兄上には、兄上にしか見通せぬ未来が見えるのでしょう。われら凡人にはうかがい知るよしもない、一門のゆくすえが」

「かもしれんな。おれには、たいした才覚があるからな。なれど、いまおれのまなこに見えるのは、渦を巻く早瀬だけよ。流れにのれば、後にはひきかえせぬ。義朝も、このおなじ早瀬にとびこみ、朝廷の魑魅魍魎《ちみもうりょう》にいいように化かされたのだ。めでたき勝者のおれと、みじめな生首のこやつは、薄い紙の表裏にすぎまい。名誉も、滅亡も、表裏は一体」

黄昏《たそがれ》のような憂愁《ゆうしゅう》を双眸《そうぼう》にやどらせて、清盛がつぶやいた。

朝廷の、魑魅魍魎。

ひとり、またひとりと、頼盛の胸にも、高貴なひとびとの面影《おもかげ》が浮かぶ。

（あれは、鬼か、夜叉《やしゃ》か。それとも――大きな、大きな、天狗《てんぐ》か……）

やがて一転、清盛は、にやりとくちびるを曲げて純粋に笑んだ。

「だが、おれはやつらに化かされはせぬ。義朝のやられようを、無駄にはせぬ。しかと見ておれよ」

「はい」

頼盛はうなずいた。

「さすれば義朝の首級、さっさと獄門に晒《さら》されるがよろしいかと。詮議《せんぎ》によって、そのように取り決められたのでは」

「おうよ。京の公卿は腥《なまぐさ》い見世物がお好きだ。生首を肴《さかな》に酒を飲む度胸は、やつらにはないがな。こら、待たぬか、ヨリ。帰るな。まだ飲み足りておるまいぞ」

「わたしは、正月にはもっと清々と美味《うま》い酒を飲みとうございます。――盛国よ。盛国は、屋敷のいずこかにおるか。左馬頭の首級をあずかってくれぬか」

頼盛が呼ばわると、清盛の側近であり一門の侍大将《さむらいだいしょう》をつとめる平盛国が、すぐさまかけつけてきた。

盛国は、清盛より五年ほど年嵩《としかさ》。

忠義な男なのだが、主君に対する態度は手厳《てきび》しい。

筋骨たくましい姿をあらわし、かしこまって座するなり、武張《ぶば》った顔を清盛へむかわせて苦言を呈した。

「わが殿は、いつまで経《た》っても、やんちゃで鳴らした『八方破れの高平太《たかへいた》』のままにございますか。殿の御心《みこころ》の若々しさには、この幼なじみの盛国も感銘甚《かんめいはなは》だしく、いたみいりますぞ」

「わざわざ大声で厭味《いやみ》を言うやつだ。わかっておる。義朝の首級を獄門にかけ、源氏棟梁かく討たれりと、京人《みやこびと》にふれてまわれ。せっかく死んだのだからな、よくよく目立たせてやれ。それによって京がざわめけば、雲隠れしている源氏残党も、義朝の名に誘われて出てくる」

「承知に候《そうろう》」

盛国が重々しく首肯《しゅこう》した。

「頼盛さまには、まともな酒肴《しゅこう》も出さず、失礼いたしました。ただいま支度《したく》させまする」

「いや、よいのだ。わたしはもう退《さ》がる。あとは盛国に任せる」

頼盛はひきあげようとしたが、清盛に狩衣の袖口をつかまれ、ひっぱり戻された。

「そうはいくか。おぬしは、なにをしに来た。辛気《しんき》くさい問答《でんがく》しかしておらぬ。若いうちはもっと飲んで遊べ。たまには、へべれけに酔って田楽のひとつも踊ってみせよ」

「兄上。わたしは忙しいのです。尾張や三河《みかわ》へ遣《つか》わした家人たちから間断《かんだん》なく、しらせが届いておりますので」

「ヨリは、おれの弟のくせに堅物すぎようぞ」

「そこがわたしのよいところです」

頼盛はひらきなおった物言いをする。

く、く、と愉快げに喉を鳴らして清盛が笑った。

「で、その尾張や三河はどうなのだ。義朝の三男坊の右兵衛佐は、雲隠れしたきりか。その三男坊の頼朝、右兵衛佐の位をいただく前は、上西門院統子《じょうさいもんいんむねこ》さまのところの蔵人《くろうど》であったな。おれはいつぞや宴席で酌をされたことがあるはずだが、顔を憶《おぼ》えておらんのだ。とりたてて灰汁《あく》のない小僧だったらしい」

「右兵衛佐頼朝は、逃げ落ちる途上、美濃国《みののくに》は青墓《あおはか》の宿に至るまえに義朝一行とははぐれてしまい、いまだ見当たりませぬ。悪源太義平らのごとき荒々しい坂東武者とはちがい、頼朝は京で育ったひよわな子供ですから、雪に足をとられて遅れでもしたのでしょう。しかし青墓の宿の長者と源氏は、古くより昵懇《じっこん》の間柄ですし、右兵衛佐が野《の》垂《た》れ死んでいないのであれば、いずれ青墓に身を寄せるはず。わたしの目代《もくだい》として宗《むね》清《きよ》がそちらへむかっております」

平宗清は、父忠盛の代からの家人である。清盛も知らぬ名ではない。

頼盛は、やや憂鬱な顔でつづける。

「初陣の若輩者《じゃくはいもの》とはいえ、義朝の正統な嫡子。源家秘蔵の鎧《よろい》、源太《げんた》が産衣《うぶぎぬ》。おなじく秘蔵の太刀《たち》、髭切《ひげきり》。どちらの宝物《ほうもつ》も、長男の義平にではなく、頼朝に与えられたといいます」

すなわち、それは義朝が頼朝をのちの棟梁とさだめていた証左だった。

「そうよな。もはや、寺にほうりこんで稚児《ちご》にする歳でもなかろう」

清盛のおもてから、笑みの余韻が拭《ぬぐ》いさられた。

格段の感情もまじえずに頼盛と盛国を見やり、あたりまえに告げた。

「生かしてはおけぬ」

＊　＊　＊

正月十八日、近江《おうみ》に潜伏していた悪源太義平がみつかり、二十一日には六条河原で斬首《ざんしゅ》された。享年二十。

義平は逃亡途中に父義朝の死を知り、東国へ落ちるのをとりやめ、ひとりでも平家の者を討つべしとこころに定めて京のようすをうかがっていたらしい。無謀きわまりない企《くわだ》てであったが、義平という男にはそういった並外れた果敢さがそなわっていた。武人としての純粋な資質は、敵ながら惜しむべきものと頼盛には思われた。

いささか風向きが変わったのは、そののちのことである。

頼盛の読みどおり、美濃国、青墓の宿において、源頼朝が捕縛されたのだった。

頼朝は雪のなか義朝の一行とはぐれ、名もなき山里の鵜飼《うか》いの家にかくまわれて落人狩りをやりすごし、遅れて青墓にたどりついた。義朝らはすでに青墓を発ったあとだったが、宿の長者の大炊《おおい》は、頼朝を歓待した。大炊の娘の延寿《えんじゅ》は、もとは遊女であるが義朝の愛人となり、夜叉姫《やしゃひめ》という子を産んでいる。それもあって、頼朝へのこころ尽くしに変節はなかった。

頼盛が追っ手として派遣した平宗清は、土地の遊女たちから情報を得て頼朝の居場所をつきとめ、大炊の屋敷に踏みこんだ。

右兵衛佐頼朝は、さほど抵抗せず、とらえられたという。

「……その夜叉姫はどうなったのだ」

眼前の男に、頼盛は問う。

本題をさしおいて真っ先に尋ねるほどの重大事ではなかったが、話の枝葉《えだは》をないがしろにすると座り心地がわるくなるのが、頼盛の性分なのだった。

「夜叉姫は兄上さまの捕縛を悲しみ、源氏の行く末を儚《はかな》んで、川に身を投げて亡くなったと聞いております。御年《おんとし》は十一」

明快な口ぶりで、梶原平三景時《かじわらへいざかげとき》が答えた。

「お若いかたの御身《おんみ》が、むざと散るは惜しいことにございますな」

「そうか」

どうかな、と頼盛は思った。

川から死体があがっていないなら、なんとでも擬装《ぎそう》はできよう。死者のありさまを見なくては、死はたしかめられぬ。が、これは枝葉末節である。遊女の娘が、平家の敵となるは困難だ。わかりやすく敵となりうるのは、血筋正しき三男坊である。

暦《こよみ》は如月《きさらぎ》。

六波羅の池殿に降りつもる雪は、水気を多く含み、重みを増していた。

梶原景時がどんな男なのか、頼盛はよく知らない。

武勇で名高き鎌倉権五郎景政《かまくらごんごろうかげまさ》の子孫であり、坂東の出身だが、京へ拠点を移したのち、交誼《こうぎ》のあった平宗清に助力を請《こ》われて尾張へ赴《おもむ》いた男だとは聞いている。そしていま、右兵衛佐頼朝の連行を宗清にまかせて、一足早く上洛してきた。

歳のころは頼盛と大差なく見える。日に焼けた浅黒い顔に人好きのする笑みが浮き、それでいて、背後に油断ならぬ鋭利さをも感じさせるのだった。

火桶から遠ざかったところに座しているが、すこしも寒そうではない。皮膚感覚の鈍さは、武門の男にとって美点である。

「さて、宗清どのからの伝言にございますが……佐《すけ》どの、つまり右兵衛佐頼朝どのは、こころばえ美しく、学才もみごと。野をかけまわるばかりが能の坂東武者とは一線を画しておられます。お若いながら、たいそう信心深いおかたです。佐どのは囚《とら》われたのち、小刀《こがたな》と、檜《ひのき》の木ぎれを所望されました。なにをなさるかと問いましたら、手遊《てすさ》びではなく、親兄弟の菩提《ぼだい》を弔《とむら》う卒塔婆《そとうば》をつくりたいとおっしゃる。いじらしさに宗清どのは胸をうたれ、卒塔婆を与え、僧も招いて、供養《くよう》をしてさしあげました。すると佐どのは涙を流して礼を述《の》べられるのです。長兄の悪源太義平は六条河原で打ち首になる際、首だけの悪鬼になっても斬り手に食いついてやると嘯《うそぶ》いたそうですが、そういった恨みつらみの念は佐どのには見られませぬ。まことにご立派でございます。佐どのは、ひとえに一族郎党の菩提を弔いたいと言っておられます。そのために、佐どののお生命を存《なが》えさせていただきたいのです」

「……それをわたしに伝えよと、宗清がそなたに頼んだというのか？」

「はい。わたくしも、宗清どのとおなじ気持ちにございます。どうか頼盛さまのお口添えをもって、佐どののお生命だけは救っていただけませぬか」

頭《こうべ》をさげて、景時が言う。

「なるほど」

頼盛は、正直、宗清が狐狸《こり》にでも誑《たぶら》かされたのではないかと考えた。親兄弟を亡くした少年が、僧の読経《どきょう》を聞いて泣いたという。

（身内がことごとく死んで、子供が泣く。あたりまえであろう）

胸をうたれる理屈がわからぬ。

そう考えてしまうのが頼盛である。

「こたびの戦は、たんなる武家と武家の小競《こぜ》り合いではないのだ。われらは朝廷の軍兵である。右兵衛佐の処遇も、わたしごときの力で動かせるものではない。荷が重い」

迷惑だなと思ったので、頼盛はそのまま迷惑げな声を押しだした。

「承知にございます」

慇懃《いんぎん》に、景時が答えた。

低頭し、おもてを伏せたまま、するりと言《げん》をつないだ。

「ですから平氏と源氏のあいだだけで片のつくことではないと、朝廷のかたがたもお考えになるが道理ではありませぬか。——頼盛さま、わたくしの妻は京におります。暲子《しょうし》内親王さま……八条院《はちじょういん》さまに祗候《しこう》する女房にございます。頼盛さまの北の方さまとおなじでございますな」

八条院、暲子内親王。

その名に行きあたったとたん、目前の客が宗清の知己《ちき》から、八条院の使者へと変化した。

ああやはり、めんどうくさいことになったではないか、と頼盛は心中につぶやく。

亡き鳥羽《とば》法皇の娘——八条院暲子が、なぜ源氏の子の助命をほのめかしてくるのか？

鳥羽法皇と美福門院得子《びふくもんいんなりこ》のあいだにうまれ、掌中《しょうちゅう》の珠《たま》のごとく愛された才女は、鳥羽法皇の崩御《ほうぎょ》をきっかけに仏門に入った。髪をおろしたとはいえ世に背をむけたわけではなく、東宮《とうぐう》の准母《じゅんぼ》（形式上の母）をつとめ、朝廷の一隅にたしかな権威を築いている。

そして無視できぬのは、八条院の異母兄、後白河上皇である。

あの人物が関与しているだけで、ひとびとの縁《えにし》の糸は奇怪にもつれあいはじめ、容易にほどけぬ結び目になったかと思えば、弄《もてあそ》ばれるままにふらりと切れもするのだ。

（右兵衛佐頼朝は、上西門院の蔵人であったか。上西門院統子さまは、後白河院の同母姉。そのつながりからの、波紋であるのか？　いや、そう単純なことではないのか？）

源氏棟梁の嫡男を生かせと、平清盛を相手に、だれが言えようか。

たとえ、いま治天《ちてん》の君《きみ》と呼ばれ、政の頂点にいる後白河院であっても……。

「しかし……わたしには、荷が重い」

頼盛はくりかえした。

「道理の通る話だとおぬしらが思うなら、その足で小松第《こまつだい》へまいり、重盛に持ちかけるがよい。重盛は、情も道理もよくわかる男である。あるいは……重盛がだめなら、わが母、池禅尼は亡き父の正室ゆえ、兄を相手に多少のわがままも言えるやもしれぬ。母を説得するがよい。母も宗清には信用をおいている。宗清にそう伝えよ。ただ、母は源氏を好いてはおらぬぞ」

「御母君の池禅尼さまには、このように申しあげてはいかがでしょう。佐どのの利発なお顔に、家盛《いえもり》さまの面影《おもかげ》がうかがえると」

思いがけぬ名が、頼盛の耳朶《じだ》を叩いていった。

「なんだと？」

頼盛は啞然《あぜん》とした。

家盛とは、頼盛の兄の名である。

忠盛を父とし、池禅尼を母とする、たったひとりの実の兄であった。

「それは、だれによる策略なのだ。宗清が考えたというのか？　いや、ちがうはずだ。どこからの入れ知恵なのか？」

「ご容赦を」

短く詫《わ》びただけで、梶原景時は答えなかった。

どろりと濁《にご》った御所の空気を、頼盛は想起した。

白昼であっても闇を漂《ただよ》わせる大内裏の枢奥《すうおう》で、魔物がとぐろを巻き、ぐずぐずと泡を吹いている。

泡のひとつに記《しる》された名が、平家盛。

きっと、それっぽっちのことなのだろう。

動揺してはならぬ。

「すまぬが、わたしはなにも聞かなかった。わが兄清盛は、一度さだめたことを覆《くつがえ》しはせぬ」

頼盛は立ちあがった。

「大儀《たいぎ》であったな」

「いずれまた、お目にかかれますれば幸甚《こうじん》に存じまする。頼盛さま」

じっと頼盛を見つめて、景時が言った。膠《にかわ》のようにしぶとい視線だった。

＊＊＊

二月九日、十四歳の右兵衛佐頼朝が、京に連れもどされてきた。

内裏をかすめることもなく、まっすぐ六波羅へと彼は連行された。

敗残の兵たちへの刑の執行は、朝廷の公卿貴族の頭上を越えて、平清盛の裁量にゆだねられていた。

清盛は、年若き右兵衛佐と、じきじきに対面する考えでいた。すでに処遇は斬首とさだまっている。それを言いわたす作業は重盛にでもまかせておけばよいのだが、清盛は義朝の子の顔を、しかと見たいのであろう。

前夜のうちに雪はやんだ。それでも天は暗く、しんと大気の底の冷える一日であった。

思案をめぐらせた末、頼盛は、自分も源氏の三男坊の顔を見ておくことに決めた。装束を整え、家人は連れず、ひとりで池殿から泉殿へとむかった。

京に帰着した宗清と、実母である池禅尼とが、なにごとかひそひそと語らっていたのは知っている。頼盛は関わるまいと努めた。たとえ冷たい息子よと母に嘆《なげ》かれても、見たくないものは見ぬ。

泉殿の中心部、南庭に面した庇《ひさし》の格子《こうし》を開けはなち、清盛は母屋の上座で酒を飲んでいた。火桶を並べても寒さがしのびよるなか、酒を腹に入れるのは知恵というものだ。

きまじめな面持ちで重盛が同席し、郎党頭の平家貞とその息子の貞能《さだよし》、さらに重盛に仕える家人の伊藤忠清《いとうただきよ》などが、そばに控えた。

清盛の懐刀《ふところがたな》の平盛国も、おもしろくもなくつまらなくもないという表情で隅《すみ》にひっそり座している。

「おう、ヨリよ。来たか。おぬしもよほど暇よなあ」

頼盛の到着に、清盛がそんなことを言った。

「もちろん暇ではございませぬ。頼朝の顔を眺めましたら帰ります」

頼盛は正直に答える。

兄に逆らった気はない。誤謬《ごびゅう》に対して真っ当な訂正をさしだしただけだ。清盛はいかにも頼盛らしい非礼を楽しむ顔をしたが、叔父を理解しきれぬ重盛が、黙然《もくねん》と、またも眉間の皺を深くした。

「なれば、始めよや」

清盛が、家貞に顎《あご》をしゃくった。

忠盛、清盛の二代にわたり仕えている長老の家貞は、神妙に場を見渡した。鬢に白髪《しらが》がめだつ高齢だが、かくしゃくとしている。

「経盛さま、教盛さま、忠度《ただのり》さまにも、おしらせしたのですが……」

清盛の弟らの名をならべた。

いらん、と清盛が掌《てのひら》をふった。

「爺《じい》よ。相手は初陣の子供ぞ。われらが総出でとっくみあって、なんとする」

「それもそうでございますな」

家貞はすんなり納得する。万事に聡《さと》い男なので、清盛とはうまがあう。配下の若い衆を呼びつけ、右兵衛佐を引きだしてこよと命じた。

こごえる南庭に、少年がひとり、連れてこられた。

肉づきがわるく華奢《きやしや》で、頬の色は血の気をなくして蒼白《あおじろ》く、十四にしては幼い容貌の少年だった。父の義朝や、兄の義平とは、ずいぶん似ていない。太刀をふりまわし大弓《おおゆみ》をひくには、膂力《りよりよく》が足らぬだろう。伏し目がちな、柔弱《にゆうじやく》な子供に見えた。

雪ののこる地べたに敷かれた莚《むしろ》に、いやがるでもなく、おとなしく座った。

「頼朝であるな」

重盛が呼びかけた。

「はい」

こくりと首を縦に動かし、源頼朝が答えた。

「わたしは伊予守重盛である。長旅であったが、道中、不自由なことはなかったか」

「なにもございませんでした。よくしていただきました」

「そなたの父や兄がどうなったか、顛末《てんまつ》は知っているか」

「はい。教えていただきました」

「そなた自身の身のゆくすえについて、望みや考えはあるか」

「ともに出陣した父義朝、長兄義平、次兄朝長、家人の鎌田ら、みな亡くなりましたゆえ、生きのこったわたくしは、このさきはただ一心に、一族郎党の菩提を弔いたく思っております」

「……菩提を」

重盛が、その言葉に険しく眉をひそめた。

重盛自身の美学に反する、容認しがたいものが、そこにはひそんでいるのだった。

「親兄弟が死んだというに、自分だけは助かりたいと申すのか。そなたも武門の子であれば、いさぎよく覚悟をいたすべきである」

「生きておりませねば、菩提を弔えませぬ。それがゆえ、生命はまことに惜しくございます」

重盛の批判を、少年は真顔ではねのけた。

こいつは変なやつだなと頼盛は思った。

そんなとってつけた珍奇な理屈で、重盛を論破できようか。

勝算がないのに言うのか？

刹那《せつな》の憂《う》さ晴らしで言っているのか？

「一門みな死んだというのに、ひとり生きるは、生き恥であろう」

忍耐づよく、重盛が諭《さと》した。

しかし少年は、くちびるの端に微量の笑みをのせて答える。

「われら源氏は戦に負けたのですから、生きるも死ぬるも、いずれも恥にございます」

優しい細面《ほそおもて》に、よく見れば賢《さか》しげな、気位《きぐらい》の高い双眼《そうがん》が光っている。

坂東のあらくれ者でなくとも、しおらしい性分とはかぎらない。

「わたしからも尋ねてよいか」

頼盛は、つい黙っていられなくなり、口をはさんだ。

「ではそなたは、生きたなら、日々なにをするのだ」

「日々、経文《きようもん》を読みます」

「それだけのために長々と生きるか。飽《あ》いてしまわないか、右兵衛佐」

頼盛の問いかけに、少年は虚《きよ》をつかれたふうで、一度まばたきをした。

たったいま頼盛が考えたのと同程度の濃さで、こいつは変なやつだな、と少年のほうも考えたようすだった。

「死んだ親や兄の無念を汲《く》めば、つまらないと申してはおれませぬ」

達観した老人のようなことを、粛々《しゆくしゆく》と頼朝が言った。

「ただ生きるだけで、よいのです」

「そうか」

頼盛は、なんとなく肚《はら》が重たくなるのを感じた。億劫《おつくう》になり、言葉をつなぐ意欲が失せた。

重盛のほうを見やると、そちらも興《きよう》のさめた顔をしていた。重盛は潔癖《けつぺき》な忌避《きひ》感に支配され、奥歯を嚙《か》みしめてさえいた。まじめな男なだけに、まじめに怒ってしまうのだ。

「経は、なにを読むか」

ぽつりと問うたのは清盛であった。

頼朝は母屋のなかを仰《あお》ぎ見、その問いかけが奥の上座にいる人物から発せられたと知ると、仄《ほの》かに頬を紅潮させた。

含羞《がんしゅう》と、気後《きおく》れと、過分な気負いが、ないまぜになって少年をつつみこんだのだった。

平清盛は源氏一党の仇《かたき》であった。けれど同時に、武士という最下品《さいげぼん》の身分から唯一無二の高みにのぼった人物でもあった。互いのあいだに多くの屍《しかばね》が横たわっていなければ、少年はもっと濁りのない憧憬《しょうけい》を抱くことができたろう。

「法華経《ほけきょう》にございます」

硬い小声で、頼朝が答えた。

空《から》にした杯を、清盛が裏返した。

「もうよい。さがらせよ」

清盛の指図《さしず》をうけて、少年をとりかこんでいた家人たちが、彼の腕や肩に手をかけてひきずりおこした。手荒につきとばされつつ少年は南庭から連れだされ、幽閉の身に戻された。

「いやはや。食えない子供でございましたな」

のんびりと家貞がつぶやいた。

「爺よ。あれはな、母親が熱田《あつた》神宮の大宮司《だいぐうじ》の娘だ。去年、病で死んだがな。尾張の女は気がつよい。義朝よりも、よほどよく頭のまわる女だったんだろうよ。うまく息子を躾《しつ》けた」

清盛は無駄な世間話をしてから、掌で自分の顎鬚《あごひげ》を一撫《ひとな》でした。

そして、宙の一点を見あげた。やむなきことのように、言った。

「ひとまず、右兵衛佐の刑を減じ、伊豆《いず》への流罪とする」

「なぜです、父上！」

重盛が尋ねた。

「見た目どおりのひ弱な子供ではありませぬ。あのものは、長じるほどに後顧《こうこ》の憂いとなりますぞ」

「憂いとなれば、そのときすぐに始末せよ。将来《さき》のことなら、シゲよ、おぬしの仕事であろう」

「そうですが……しかし」

腑《ふ》に落ちぬ重盛が、まだ言いつのろうとする。

清盛の両眼が、ざらりと一同を睥睨《へいげい》した。あらかじめ順序を揃えられていたような言葉が、その口からこぼされた。

「あの小僧、どうも、家盛に似ている。殺しにくい」

——家盛に。

頼盛は絶句した。

よもや、と思った。……よもや、清盛がいまだに、そんな名前ひとつで判断を曲げねばならぬとは。

平家盛は、はるか昔に死んだではないか。

（どこのだれが言いだしたのだ。家盛の名を、ここで使えと）

なにものが清盛の耳に囁《ささや》いたのだ？

梶原か。宗清か。母か。

朝廷の妖物か。

「いいえ……似ておりませぬ。それほどには……似ておりませぬ」

頼盛は、喉の奥から呻き声を押しだし、兄に訴えた。

「すべての戦に勝ったのは、兄上でござりましょう。家盛の兄上のことなど、どうか、お忘れくださいい」

章の一

戦《いくさ》の前——真白き鷺《さぎ》

一

「鷺《さぎ》がよい」

まばゆげに皐月《さつき》の朝焼けをあおぎ、平家盛は言うのだった。

「わたしは、どうせ射《い》るのならば鷺がよい。いつも変わらぬ的《まと》ではつまらぬなあ」

久安《きゅうあん》三年（一一四七）、家盛は齢《よわい》二十一。

はじける水のように若々しく、ひかる珠《たま》のようにうつくしい青年である。

おなじ両親からうまれたにもかかわらず、頼盛とは気性がことなり、つねに朗《ほが》らかに笑っている兄であった。

「――鷺」

頼盛は、兄のいわんとしている話がよくわからず、首をかしげた。

その日は黎明《れいめい》の刻限より、六波羅のはずれ、鳥辺野近くの野外にしつらえられた的場において、兄家盛とともに弓箭《ゆみや》の稽古《けいこ》をしていたのだった。

頼盛は十五。もはや元服はすませた。平家は武家であるから、武芸はきわめねばならぬ。好きかきらいかでは語れぬ。なんとしても腕は磨かねばならぬ。承知しているので頼盛は稽古を怠《なま》けたことはない。けれどなにを射ようがこころ持ちは変わらぬ気がする。

すでに父忠盛は殿上人《てんじょうびと》の座を得ていたが、それでも武士が最下品《さいげぼん》の地位に置かれている現実はうごかない。

武芸とは職能である。

武者《むしゃ》とは曲芸師でもある。

常人には持てぬ太刀《たち》をふるい、万力《まんりき》のやどる腕ではりつめた弓をひく。

日々の鍛錬《たんれん》こそがそれを可能とする。

「鳥辺野の屍《かばね》をつつく鴉《からす》を射たらよいのでは。鷺がいるのは水辺でありましょう」

「いやだよ、鴉なんか。黒くて汚い」

「汚い？　鳥はどれも汚いのでは」

「ちがうさ。わたしはきれいなものが好きだ。ヨリよ、おぬしも白鷺のように濁《にご》らずきれいだ。ずるくもないし、愚《おろ》かでもない」

「では兄上はわたしを射るのですか？」

まじめに尋《たず》ねた弟を、驚いた面持《おもも》ちで兄は見つめかえした。

そして、大笑いした。

「ははは！　ヨリはおもしろいことばかりを言うなあ」

「兄上の腕前で射られたら逃げられませぬ。射るまえに教えてください」

「世辞《せじ》はヨリらしくない」

「わたしだって世辞はきらいです。辻褄《つじつま》をあわせるのが手間です」

「ふ、ふ」

含み笑いを籠手《こて》でぬぐうと、家盛はがらりと重籐《しげどう》の弓把《ゆづか》をとりあげ、本白《もとじろ》の羽の矢をつがえた。弦《つる》をひきしぼってひょうと放ち、たやすく的にあてた。

力をこめていないように見えるのに、のびやかに矢は飛んで、的の中心、径の狭い円を射貫《いぬ》く。

兄の人柄と似ている、と頼盛は思う。

頼盛の身体《からだ》はまだ少年じみて貧相だが、兄の体軀《たいく》は壮健な筋肉をまとって逞《たくま》しく、背もすんなりと高い。

なにごとにも不足はなく、悩みとはかかわりなく生きている。

平家盛はそういう男だった。

「そろそろお屋敷に戻られて、朝餉《あさげ》となさいませ。家盛さま、頼盛さま」

忠盛の家人《けにん》である平維綱《これつな》が、ふたりの背に声をかけた。

維綱は家盛の乳父《めのと》でもある。なので家盛がみごとな青年に育ったいまも、幼子《おさなご》を相手どるような猫なで声を出す。

「うん。でも、まだ清盛の兄上がいらしていないな」

「高平太《たかへいた》のおかたは、今朝は大殿《おおとの》さまと狩りへゆかれましたゆえ、こちらには来られますまい」

「ははっ。町のひとびとのような呼びかたはおやめよ。父上に聞かれれば叱《しか》られる」

なりあがりの、高下駄のお坊ちゃま、高平太。清盛をからかう呼び名をつかった維綱を、家盛はにこにこ笑いながらたしなめた。頼盛は笑わず、めんどうだなと思った。

長兄の清盛は、家盛のまわりのものたちに好かれていない。

(母上がわるい)

家盛と頼盛の母、宗子《むねこ》が、実子でない清盛をこころよく思っていないせいだ。

兄弟のなかでもっとも年長の清盛は三十歳。正四位下《しょうしいのげ》、肥後守《ひごのかみ》を任ずる。北面《ほくめん》の武士として鳥羽法皇のそばに仕《つか》えたゆかりもあり、父忠盛とともに、法皇の信任はあつい。このまま正室である宗子の息子らをさしおいて、清盛が忠盛の後継者となる公算が大きい。

母は、どうにかそれを覆《くつがえ》し、家盛こそを、まことの嫡男《ちゃくなん》としたいのだ。

しかし古い渾名《あだな》で嘲《あざけ》るなど、子供っぽく、無意味なおこないだ。

（十五歳の若輩《じゃくはい》であるわたしですら、恥ずかしくなってしまう。大人にはもっと、大人らしくふるまってもらわねばこまる）

頼盛は怒りはしない。

憤《いきどお》ったとしても、おのれには状況を変える力がないと知っている。

ひとえに残念に思う。

「ヨリはこころばえがよいなあ！」

かたちのよいくちびるを左右に引き結び、家盛が笑《え》んで言った。頼盛は胸の底の考えを見透かされた気がした。

「滅相《めっそう》もありませぬ」

頭《かぶり》をふって頼盛はつぶやいた。

「兄上。いつもわたしは、めんどうくさいだけなのです」

「おぬしはまだ、おぬし自身をよくわかっていないのだ。おぬしはそのようにめんどうくさいと言うが、それでも荷を負えばけっして投げ捨てることはせぬ。わたしも、兄上も、ヨリのよさをわかっているとも」

家盛の言葉は頼盛の気持ちを慰《なぐさ》めた。

なによりも、兄たちのあいだに亀裂がなく、ふたりが示しあわせたかのように頼盛をヨリと呼んでくれることがありがたい。

「維綱よ。わたしもヨリも、清盛の兄上を悪くは言われたくないのだ。選《え》りすぐりの北面の武士として活躍なさった兄上は、われらばかりでなく京《みやこ》の武士の憧《あこが》れの的である。維綱もわかっているであろう」

あらためて維綱をふりかえり、家盛はこころをこめて語った。

維綱は恥じ入り、頰《ほお》を紅潮させた。

「これは、申し訳ございませぬ。維綱の不覚にございます」

「わかってくれているならばよいのだ」

家盛はまた、にこにこと微笑《ほほえ》んだ。

摩擦《まさつ》なく維綱を改心させる兄の手腕を、たいしたものだと頼盛は感服した。

家盛を嫌うものはいないだろう。

「きっと、母上にもいずれはわかっていただける」

頼盛の肩に手を置き、家盛が言った。

「はい」

頼盛はうなずいた。

母の思いどおりにはなるまい、と思った。

――その翌月、彼ら兄弟をも巻きこむ事件が、祇園社《ぎおんしゃ》の祭事において勃発《ぼっぱつ》したのだった。

＊＊＊

ときの平家棟梁《とうりよう》、忠盛は、稀代《きたい》の武人である。

内裏《だいり》清涼殿《せいりようでん》への昇殿《しようでん》をゆるされたのは、天承《てんしよう》二年（一一三二）、忠盛三十七歳のとき。

先代正盛《まさもり》のころより平家の財力はゆたかであったから、忠盛は鳥羽上皇の御心《みこころ》にしたがって得長寿院《とくちようじゆいん》という寺をつくり、三十三間の堂に一千一体の仏像をおさめて上皇へ献上した。

上皇はいたくよろこび、恩賞として忠盛に但馬国《たじまのくに》を賜《たまわ》った。それだけでなく、当世の武士において初めての例となる、清涼殿への昇殿をゆるした。

地下人《じげびと》である武者が清涼殿にのぼることを、もちろん貴族らはまったく歓迎しなかった。

忠盛憎さのあまりに、五節豊明《ごせちのとよあかり》の節会《せちえ》の夜にまぎれ、忠盛を闇討ちにする計画さえもちあがった。

計画はすぐ忠盛の耳に届いた。

武芸を生業《なりわい》とする忠盛にとって、そんな貴族らの企《たくら》みは児戯《じぎ》同然。

忠盛は郎党《ろうとう》の家貞を内裏の庭に控えさせ、おのれは佩刀《はいとう》しているかのように見せかけて、堂々と内裏にはいった。貴族はかれらのたたずまいにおそれをなし、手を出せなかった。

忠盛という男は、こうした逸話に事欠かぬ、大きな人物である。

その忠盛が、眉宇《びう》をよせ、腕組みをして沈思黙考している。

忠盛、いま、五十二歳。

正妻宗子の住まう池殿の、母屋《もや》でのことだった。

忠盛と対峙《たいじ》して座する清盛も、じっと無言であった。

清盛の背後には幼なじみの家臣、盛国が、岩のようにいかつい顔で控える。あるじ清盛の身にふりかかる礫《つぶて》があればすべて喰《く》らいつき嚙《か》みくだいてみせようと念じて、両顎《りょうがく》に力をこめた顔である。

「だれが祇園社の社殿に矢を射たか、まことに、わからぬというのか」

忠盛が念をおした。

色あいの乏《とぼ》しい平坦な面持ちで、清盛がうなずいた。

「わかりませぬ」

「ではおぬしが祇園社へ伴《ともな》った郎党、みなを下手人《げしゅにん》として差しだすほかあるまい」

「父上。わたしの家人に、かのごとき狼藉《ろうぜき》をはたらくものはありませぬ。そも、いっさいが濡《ぬ》れ衣《ぎぬ》にございます」

「正しいか誤りかを問うているのではない。傷をひろげず速《すみ》やかに終息させねば、平家じたいが潰《つぶ》れるやもしれぬ」

「たかが山法師《やまほうし》の難癖《なんくせ》に平伏《ひれふ》すと仰《おお》せですか！」

泥土のように光を隠していた双眼《そうがん》をぎらと上げ、清盛が反駁《はんばく》した。

「たかがではない。たかがではすまぬ！　京をまきこむ騒動になるのだ。おぬしもじゅうぶん承知であろうに、意地をはるな」

雄々《おお》しき声を放ち、忠盛は嫡男清盛を叱りつけた。

若き日から海賊捕縛《ほばく》の荒仕事で功をあげた忠盛の気魄《きはく》は、なみなみならぬものである。

深く広くに根づいた大樹のごとき、不動の偉容である。

おそれをしらぬ清盛であっても、無策の体当たりでは倒せぬ相手だった。

父と兄の言葉のぶつかりあいは、おなじ屋根の下にいる頼盛の耳にも聞こえた。

めずらしいことである、と思った。

清盛は父の自慢の息子であるし、清盛も父への敬愛を隠そうとしない。

(なるべく喧嘩《けんか》はしないでほしいのだが)

父も兄も重んじるべきひとであり、どちらかだけの味方につくのはむずかしい。

「間《ま》のわるいこともあるものだ、なあヨリ」

家盛が、つるりと身軽に頼盛の居室にすべりこんできて言った。なにごとなのです、と頼盛は尋ねた。

「祇園のお祭りに清盛の兄上が田楽《でんがく》を奉納しようと出向いたところ、平家《こちら》の郎党と祇園《むこう》の神人《じにん》が小競《こぜ》り合いをおこしたのだよ」

「神人のくせに、お祭りをほうりだして喧嘩ですか」

「そう言うな。双方、気が立っていたんだろう。厄介なことに、そのときだれかが射た矢が、祇園社の宝殿にあたってしまったのだ。これは、よくない。怪我人も出たそうだし」

家盛はいつものとおり軽快な口ぶりで話したが、横顔は白く褪《さ》めて見えた。

「祇園の本寺である延暦寺《えんりやくじ》は激怒して、父上と兄上の遠流《おんる》を要求している」

遠流、すなわち島流しであった。

「ばかばかしい。兄上がご自身で射たわけでもないのでしょう」

頼盛はあきれた。家盛は首肯《しゆこう》した。

「むろん、要求は通るまい。父上と兄上のことは、きっと鳥羽法皇さまがお護《まも》りくださる。しかし、かの延暦寺の僧兵がおとなしくしているわけがない。京へおしよせると息巻いているそうだ。かれらの強訴《ごうそ》にそなえ、武人の力で京の警護をかためることとなった」

「僧兵は、つよいのですか」

「つよいさ。われら武士ほどではないが。なにしろ神輿《みこし》をかかえて暴れられるのは、めんどうだな。まちがって神輿を射てしまっては、なおさらまずいから」

鎮守《ちんじゆ》の日吉《ひえ》社と祇園社の神輿である。

「神罰が怖いのですか」

「そうとも。わたしだって、祟《たた》りは怖い。みんなそうだ」

「神も仏も、戦《いくさ》の道具にしてはならないものでしょうに」

「ヨリ、それは正しい道理だ。けれども、世間で正しくない道理が蔓延《まんえん》していることを見落としてはいけないよ」

家盛が残念そうに言った。

早期の決着をはかった忠盛は、濡れ衣であるという清盛の主張をしりぞけた。祇園社に矢を射たとされる平家の家人七人を、みずから検非違使《けびいし》にひきわたした。

だが、この話、容易にはかたづかなかった。

＊　＊　＊

だれが言ったか——平家嫡男、清盛が、まことは忠盛の子でないと。

(根のなき噂《うわさ》。くだらぬ)

家臣、平盛国はそう感じる。

平家一門の家人の子にうまれ、ひたすら清盛のそばで生きてきた盛国である。

自信がある。清盛という人物は、天下に恥じぬ逸物《いつぶつ》であると。

(武芸、才智、居ずまい、すべて一点の曇りもなく武門の棟梁にふさわしきは、わが殿、清盛さまである)

磊落《らいらく》にして鋭い忠盛は、あまりにも偉大な武士だ。

そんな父忠盛を、幼き日より、清盛はいちずに慕《した》ってきた。

かれらが親子でないはずがない。

たしかに清盛には母がいない。そうなった事情は、つまびらかにされていない。わが殿の御母君はどのようなおかたか、と盛国は父や家貞たちに尋ねたりもしたが、みな、なんともわからぬとしか答えない。

(家人どもがこのような腑抜《ふぬ》けたありさまだから、さもしい噂話が絶えぬ)

こたびの事件のせいで、またも噂が掘りおこされた。

矢を射たものをひきわたすべきと諫《いさ》めた父に、清盛は不満足だったからだ。

(だからとて、短絡な)

盛国は憤る。

怒ると、かみあわせた奥歯がごりごりと鳴る。

「歯が削れようぞ、鬼の盛国」

ちらと兜《かぶと》の下の片眉をあげ、盛国にまなざしを投げて清盛が言った。

日が高く、蒸《む》し暑い。

真夏、七月十五日、晴天。

暑さをいや増す重々しい戦具足《いくさぐそく》を、清盛も盛国も装《よそお》わねばならなかった。ふたりだけではなく、京にあつまりきた武士はみな、湯気をあげながら色とりどりの鎧《よろい》をまとっている。

数多《あまた》の僧兵が山をおり、雲霞《うんか》のごとく京へおしよせてくる。洛中《らくちゅう》へなだれこみ、力にまかせて朝廷への要求をつきつける。これを強訴と呼ぶ。

朝廷は危急の事態と見て、武士らを呼びよせた。強訴にそなえ、警護の任につかせた。

強訴のきっかけとなった清盛自身も、当然、その一員として加わった。郎党を率いて馬上のひととなり、比叡山《ひえいざん》の降り口のひとつ、西坂下《にしさかもと》に敷かれた陣へとむかう途上だった。

馬の首をそろえ、盛国が仏頂面《ぶっちょうづら》で応じる。

「盛国の歯は削れませぬぞ。鬼の歯ゆえに」

「そうか」

清盛は涼しげに笑んだ。

さりながら、これはいつものわが殿ではない――と、盛国は思う。

憂《うれ》いをおもてには浮かべずにいても、清盛の生来の洒脱《しゃだつ》な気性には蓋《ふた》がなされたかのようすで、見るだに歯がゆい。

口数もふだんの半分以下であろう。

清盛には先月、正妻時子《ときこ》とのあいだに三男の宗盛《むねもり》がうまれたばかりだというのに、はしゃぐ暇《いとま》もなかった。

山と京とをへだてる境界に、華やかな鎧兜の群れが燦々《さんさん》ときらめいていた。地を踏みしめる武者どもの足が土煙をのぼらせた。

「おう、おう、おう」

血気さかんな男どもはただそこに立っているだけという無聊《ぶりょう》に耐えず、おのずと鼓舞《こぶ》の声をあげ、地を踏みならす。

平時ならば見かけぬ旗印《はたじるし》もある。近国から諸兵がかきあつめられている。猛々《たけだけ》しさを誇りたいものもあれば、美麗《びれい》な武具を誇りたいものもあり、蛮勇《ばんゆう》あり、絢爛《けんらん》あり、場は混沌《こんとん》とした。

「数はあれども……統制がとれぬ」

ふと吐息まじりに清盛がつぶやいた。

「いかにも、いささか野盗《やとう》や山賊がまざっているようですな」

盛国はうなずいた。

それを聞きとがめ、ふいに盛国の手綱《たづな》を下からつかまえた男がいた。

「きさま、肥後守清盛か。わしらを野盗と呼んだか。馬よりおりよ」

ぎらつくまなこで盛国を睨《にら》みつけ、煤《すす》けた戦装束を着た男が怒鳴《どな》った。

常人より大柄な体軀は筋骨隆々《きんこつりゅうりゅう》として、幾多の荒っぽい闘諍《とうじょう》によって磨きあげた玉のように見える。

「貴公、盛国の手綱をはなせ。肥後守清盛はわたしである」

清盛が、朗《ろう》と声をはりあげた。

「だしぬけに馬をおりよと申すは不躾《ぶしつけ》なり。貴公も名乗るがよい」

「上総国《かずさのくに》より参った源義朝である」

義朝は二十五歳。

この年、京で娶《めと》った由良《ゆら》御前とのあいだに三男の頼朝がうまれている。

「貴殿が噂の上総御曹司《おんぞうし》どのか。なるほど」

清盛は鷹揚《おうよう》にうなずいた。

馬上にある桓武《かんむ》平氏の貴公子と、地べたに仁王《におう》立ちする清和《せいわ》源氏の御曹司のすがたは、そのまま両者のいまの状況の鏡うつしであった。

義朝は、若き日を坂東《ばんどう》の野ですごし、荒くれる田舎《いなか》侍らを掌握《しょうあく》して、力ずくでのしあがった男である。

義朝の野心は、坂東の地のみにおさまるものではなかった。手にした縄張りを長男の悪源太《あくげんた》義平にまかせ、おのれはより高きところをめざして京にのぼり、鳥羽法皇とつながりをもつ熱田大神宮宮司の娘と婚姻をむすんだ。それがいまの義朝であった。

盛国のことを清盛とまちがえたのは、清盛の装いがひときわ豪奢《ごうしゃ》であったからだろう。

赤地の錦の直垂《ひたたれ》に黒糸縅《おどし》の腹巻。金具には緻密《ちみつ》な蝶《ちょう》のこしらえ。龍頭《りゅうず》の兜。栗毛の馬の背には、青く光る螺鈿《らでん》の鞍を置いていた。

清盛が武者としては小柄であることも手伝い、義朝はすっかり清盛を貴族のひとりと見誤ったのだった。

「そうか。きさまが清盛か」

男らしい額に太い眉をさかだて、義朝は唾棄《だき》するように言った。

「よくぞ平気な顔をできるものだ。きさまのせいで、天下が鳴動しているのだぞ」

「やめぬか！　無礼であるぞ！」

盛国が吼《ほ》えた。

「よせよせ、盛国。上総御曹司のおっしゃるとおりである」

さらりと掌《てのひら》を振って、清盛が盛国を制した。

だが義朝はなおいっそう不快を表出した。

地を蹴りたて、激しく糾弾《きゅうだん》した。

「こころにもないことを言うな。気にくわぬ。きさまの郎党の一矢《いっし》が、これほどの数の武者を動かしているのだ。しおらしい顔をしてみせよ」

「さて、だれが射た矢であるのかも、わたしは知らぬ」

清盛は憂鬱《ゆううつ》げにつぶやいた。

義朝があえて大袈裟《おおげさ》に激してみせていることは、清盛にもわかっていた。

挑発である。

ここで馬をおり、とっくみあいの乱闘騒ぎなど催したならば、清盛の名はますます地に落ちる。

坂東を掌握した義朝が愚かな男であるわけはなかった。

平家の失態を誘えば、源家に利が増すと、計算できる男であろう。

「わたしに遠慮はいらぬゆえ、手柄を立てられよ、上総御曹司。御辺《ごへん》らにとってはこれも好機であろう」

手綱をさばき、清盛は馬を前へすすませた。盛国は義朝としばし睨みあったが、清盛のあとにしたがった。

「わが殿」

盛国は馬を寄せて、清盛の横顔をうかがった。

「天下鳴動の元凶は、わが殿にあらず、僧兵どもにございますぞ。あのようにお答えなさらずとも」

「盛国。おれにはな、ほんとうにわからぬのだ」

清盛は静かに答えた。

「だれが射た矢であったのか、いまもわからぬのだ」


やがて、山河《さんが》をどよもす足音と喚《わめ》き声とともに、延暦寺の大衆《だいしゅ》は比叡山をくずれおりてきた。

僧とはいえ実態は腕をみがいた野戦集団である。

薙刀《なぎなた》をかざし、法衣《ほうえ》のなかに腹巻を着こみ、たからかに下駄を響かせ、臆《おく》するところなく押しよせた。

京を警護する混成武士団は、しかと防戦のかまえをとる。みだりに矢を射て神輿にあてはならぬ。横に居並び、隙間なく垣楯《かいだて》をおしたて、かれらの入京をさまたげる防壁となった。

力まかせにぶつかってきて防壁を突破するものがあれば、京へは入れまいと大勢がとびかかって組みあい、殴りあいとなった。あちこちで男たちは団子になり、雄叫《おたけ》びをあげちらした。

さんざ揉みあい、蹴散らしあい、おうおうと猛《たけ》り声を放っているうちに日が傾いた。

山法師は、これみよがしに武士団の鼻先へ神輿を突き入れた。

「平忠盛と清盛を流刑とせよ。われら、このままではけっして承伏いたさぬ。何度でも訴えにまいる」

大音声《だいおんじょう》で言い捨てると、悠然《ゆうぜん》と山へひきあげていった。

鳥羽法皇の忠盛父子への信頼は、こうした事態に陥《おちい》ってもゆるがなかった。その後もつづく強訴にそなえて、諸国の武士が京にあつめられた。鳥羽法皇はみずから武士団を指図し、かれらを閲兵《えっぺい》するほど、熱心であったという。

秤《はかり》が一方にかたむけば、もう一方には屈託《くったく》がうまれる。

このとき内大臣、のちに左大臣として朝廷の実権をにぎる知恵者、藤原頼長《よりなが》は、清盛に批判的であった。

頼長は、摂政《せっしょう》関白《かんぱく》を任ぜられる高貴な藤原一族が軽視され、いやしき武門平家が重用されすぎることを危ぶんだ。

「平家をかばう理由はない。忠盛も清盛も比叡山にひきわたせばよい」

それが頼長の考えであった。

乱暴な意見のようだが、藤原家の立場からすれば、京は朝廷の宝であり、その京を僧兵に踏みにじられるかもしれぬとなれば、成りあがりの武士ひとりやふたりどうなってもかまわぬ。

とはいえ朝廷は鳥羽法皇のものであった。忠盛をかばう法皇の意向は、だれであれ覆せはしなかった。

武士団が強訴をくいとめているあいだ、朝廷では公卿《くぎょう》による論議がつづいた。

七月二十七日。

裁定はさだまった。

清盛には贖銅《しょくどう》三十斤《きん》が科された。

罰金刑である。

流刑をまぬがれたのだ。

比叡山の大衆はこれをよろこばなかったが、山のうちでも過激派と穏健派で考えがまとまらず、内乱をまねいた。おのずと、清盛のことは棚上げにされた。

その夜、忠盛は清盛を池殿の屋敷に呼びよせた。杯をすすめ、仔細《しさい》を告げわたした。

「法皇さまの御心あっての恩情である、ゆめ忘れるな」

ほっとしたようすで忠盛は語った。

しかし清盛は浮かぬ顔で座していた。

盛国は、このときも清盛に添うて背後に控えていた。ずいぶんな重みの沈黙に、ざわざわと胸がきしんだ。

盛国の対面の位置には、忠盛の傍《かたわ》らに家人の長《おさ》である家貞がついていたが、家貞の面持ちにも緊張がある。

「父上。わたしには、わからぬのです。かの矢が、桓武平氏の力を削らんとする不埒《ふらち》者《もの》のしわざであったのか。……あるいはただ、この清盛ひとりのありようを憎むものが放った、透明な矢であるか」

おもてを伏せて清盛が言った。

平家の隆盛をよろこばぬ朝廷、公卿らの陰謀か。

あるいは、平家のなかのなにものかが、清盛が忠盛の後継となることをよろこばぬがゆえの矢を射たか。

清盛が口にしたのは、そういう意味の言葉であった。

なまなましく、直截《ちょくせつ》的な疑惑であった。

盛国は彼の背後にあり、口腔《こうくう》が渇《かわ》くのを感じた。

わが殿がまた叱責《しっせき》されはしないかと、忠盛の反応をおそれた。

杯を置き、忠盛は微笑んだ。

「どちらでもよい。おぬしはなぜ、それを憂えるのだ。おぬしは憂えたいから憂えているのだ。よいか。嫉《ねた》まれ、うらやまれ、恨まれることを、本懐《ほんかい》とせよ。清盛がすぐれているがゆえに矢を射られる。ならば先回りして敵の矢を折るがよい。それが、まことの武人の仕事であり、一門棟梁の役目である」

はっとした清盛が、彫像のように身体を固くした。

父を見つめる双眼のふちが、わずかに赤らんだ。

おお、そうか、と盛国は感じ入った。

忠盛が、一門棟梁の役目、と言ったのだ。

このような騒乱ののちも清盛は忠盛の後継者であり、嫡男であることに変わりはない。

そう明言されたことが、清盛には嬉《うれ》しくてならなかったのだろう。

いくつになっても少年のように、父忠盛への憧憬《しょうけい》と思慕を隠さぬのが清盛だった。

(わが殿は、つねに明朗で聡《さと》い。そればかりでなく、ひそかに繊細なこころをお持ちのおかたなのだ)

盛国はいっしょに泣いてしまいそうになった。

「父上。申し訳ありませぬ」

頭《こうべ》をさげて清盛が詫びた。

「お恥ずかしくも、清盛らしからぬことを申しました。清盛は父上の子。父上のきりひらかれている栄達の道を、これからは清盛も狡猾《こうかつ》に、大胆に、邁進《まいしん》してまいります」

「それでよい。すべてのもつれた糸をときほぐす必要はないのだ。真実を白日の下にさらしたときにおのれに利があるか、そこまでを、つねによく考えることだ。考えなくとも武芸は磨ける。考えぬまま、ひとを殺《あや》めるが、われらの稼業。ゆえにこそ、われらはだれよりも考えねばならぬ」

忠盛の哲学は、のちの清盛に、しかと継がれるものであった。

武者であるからこそ、思考を棄《す》ててはならぬ。

これほど理知にすぐれ、殿上人にゆきついた父であっても、先を無形《むけい》の障壁に阻《はば》まれ、公卿の座にはゆきつけぬ。

そんな不条理をも清盛は見据えている。

のちの清盛の生涯に、このことは大きく影響を与える。

みずからその障壁を打ち壊し、公卿の座はむろんのこと、日本国そのものの覇権をも手に入れた。

それが清盛の選んだ道である。

「大殿、清盛どの。ご無礼申しあげます」

ふと——盛国には予想外な展開であったが、几帳《きちょう》のかげから声をかけたのは清盛の義母、宗子だった。

宗子はここ池殿に住まうのだから、顔をのぞかせるのはたやすいことなのだ。

とはいえ、微妙な場面であった。

「永《なが》らくの気がかりも落着の由《よし》、家盛からもお祝いを申しあげてよろしいでしょうや」

「むろんにございます、母上」

清盛が答えた。

忠盛はといえば、いささか鼻白《はなじろ》んだようすだった。

几帳のうしろから家盛があらわれた。翳《かげ》りのない、すうっと水仙《すいせん》のようにのびた長身が目を惹《ひ》く。床に指をつき、ぴしりと小気味《こきみ》よい姿勢で、一礼をした。

「よろしゅうございました。父上、兄上。家盛も安堵《あんど》いたしました」

実母の思惑《おもわく》とはかかわりなく、家盛がふたりに祝いを告げたかったのは事実だろう。

されど間がわるい、と盛国は感じる。

宗子は、忠盛の正室。

当家の跡継ぎは正室の子であれかし、と宗子は公言してやまぬ。清盛を嫡子にすることには反対している。

横槍をいれるために来たのではと思われる。

「こたびは、おれのせいで、弟たちにも心配をかけてすまぬな」

「神も仏も戦の道具ではないと、ヨリが言っておりました。わたしも同感にございます」

「そうか。あいかわらず、ヨリは賢い」

口元をほころばせて清盛が言う。

「はい。わたしたちの自慢の弟にございますな」

にこにこと家盛も笑んだ。

「気に病まれないでくださいませ。たとえ母が違《ちご》うても、兄上もわれらとおなじ平家の子にございます」

「家盛さま、そのおっしゃりようは、よもや底意《そこい》あってのものでございましょうか」

反射的に盛国はかみついた。

「盛国！」

すかさず清盛が盛国を叱りつけたが、几帳の裏から立ちあがった宗子は柳眉《りゅうび》をつりあげ、盛国と清盛とをおなじ強度でねめつけた。

「どういうつもりですか。盛国、出すぎた真似《まね》でありましょう。なんとまあ、意地のわるい勘繰《かんぐ》りをするのか」

「母上、お詫び申しあげまする」

深く清盛が頭をおろした。

「いいえ……兄上、詫びるのはおよしください。わたしが浅慮《せんりょ》であったのです。申し訳ありませぬ」

失言を悔いて、茫然《ぼうぜん》としたようすで言うのは、家盛だった。

「ふたりとも、もうよい。今宵《こよい》は、めでたい酒を飲んでいるのだ」

忠盛がとりなした。

宗子はまだ不満げだが、忠盛の一声にはさからわない。

「父上、ありがとうございます。そろそろ、祝杯に酔うてしまいましたので、わたしはこれにて」

堂々たる礼をして、清盛は座を辞した。

中門廊《ちゅうもんろう》をへて門外へむかう清盛の背を、盛国は息をつめたまま追った。

日中の暑さを吹きはらったかのように夜の六波羅は涼しかった。

屋敷を出ると、たまらず盛国は路上に平伏した。

「わが殿！　お詫び申しあげまする。いかような罰をも、この盛国にお与えくださりませ」

「いいのだ、盛国。父上が言われたろう。めでたい宵なのだ」

清盛はかろやかに答えた。

「いまに始まったことでもない。おれという些細《ささい》な水滴が、平家という広き水面にすぐ波紋をひろげ、乱してしまう。いつものことだ」

「わが殿は、些末《さまつ》な水滴ではございませぬ」

盛国は忸怩《じくじ》たる思いをかかえながら、つぶやいた。

「まあ、あまり、言うな。鬼の盛国。鬼のくせにそう泣くな」

清盛は顔の半分をゆがめて苦笑し、盛国を眺めた。盛国はあまりの申し訳なさに、大粒の涙を流して泣くほかなかった。

＊　＊　＊

しばし――一年と半分ほど、清盛にとっては静かな時期がつづいた。

祇園社の騒動以来、清盛の身は事実上の謹慎状態にあった。めざましかった昇進の勢いが、ぴたりと止まった。

それにかわって平家盛が、右馬頭《うまのかみ》、従四位下《じゅしいのげ》に叙され、頭角をあらわした。

母宗子をはじめとした池殿の家人のよろこびは大きく、すでに次期棟梁の座を家盛が手にいれたかのような、無邪気な欣喜《きんき》雀躍《じゃくやく》ぶりだった。

こまるのだが、と家盛は頼盛にこぼした。

「わたしは、こまるのだが……みなの気持ちを蔑《ないがし》ろにもできぬし、おかげで兄上とも、このごろはお話をしづらい」

さみしげな顔つきをして、そんなことを言った。

妻を娶り、娘がうまれ、一家の長としての責任が増えても、そうした内心を頼盛だけには聞かせるのが家盛の常だった。

「なあ、ヨリ。わたしのぶんも、兄上と話しておいておくれ」

「あまりむずかしいお話は、わたしにはできませんが……」

「いいのだよ。ふつうの、兄弟らしいことを話せばいいではないか」

「『家盛兄上は家督《かとく》をお継ぎになりたくはないそうです』と、清盛の兄上にお伝えしてもよいのですか？」

頼盛は、深くに踏みこむことを尋ねた。

ひとの気持ちを察する能力が、もとより頼盛には足りない。だがこのとき、はっきりと兄の本意を確認するのには、さすがに勇気を要した。

「……いや……それ、は」

ますます困惑した家盛が、呼吸を呑んだ。

彼ひとりの意思ではさからえぬ大きな流れが、家盛を囲繞《いにょう》している。その幻影が、頼盛の瞳にも見えた。

もとより魅力的な兄であるけれども、いま家盛は、内から発光する火球のようにまばゆく、しかと瞼《まぶた》をひらいて直視することができない。

こんなこともあるのだな、と頼盛は驚きをおぼえた。

(ひとの身に栄華《えいが》があつまるときの、まぶしさとは、こういうものか)

それは貴《とうと》い光であり、なにゆえか、危うい光にも見えるのだった。

重いものも軽いものも一様にひきつける、荒々しい磁力が目の前にある。

なにをつれてくるのかわからぬ、磁力が。

「申し訳ありませぬ、兄上。不躾なことをお尋ねしました」

回答を迫らず、頼盛はこころから詫びた。

「うん。うん……ヨリよ、わたしの頼みがよくなかった。家督も兄上も、どちらも欲しいというのは、虫のよい話だ。ヨリは正しい」

「いいえ、兄上。わたしの頭がよくないのです」

「いいのだ。わたしはそういう、嘘のないヨリが好きだ。変わらずにいておくれ」

家盛はこまった面持ちのまま、小首をかしげて弟に笑いかけた。

「そのままのヨリで、兄上の支えになってほしいのだ」

清盛は如才《じよさい》なく世渡りをおこなう男であるから、友人知己《ちき》は多い。

しかし最小限の出仕《しゆっし》をこなすだけで宴《うたげ》にも歌会にも顔を出さず、町にもくりださず野山で狩りもせず、黙々と六波羅に蟄居《ちっきょ》する清盛から、ひとびとはなにげなく遠ざかった。

忠盛の後継者として家盛の名が高まってくるにつれ、清盛のまとう空気は翳ってゆくようだった。

その清盛を訪ねた友人が、ひとりあった。

かつてともに北面の武士として鳥羽法皇につかえた昔なじみの盟友、佐藤義清《さとうのりきよ》。

八年前、保延《ほうえん》六年（一一四〇）に二十三歳の若さで出家した。

僧号は西行《さいぎょう》。

北面の武士といえば、鳥羽法皇の間近に侍《はべ》る、武門《ぶもん》の花形といえる役職であった。

容姿は端麗《たんれい》、詩歌管弦《しいかかんげん》の素養にあふれ、騎馬にも弓箭にもとりわけすぐれたものが選ばれる。

佐藤義清は、ことさらに流鏑馬《やぶさめ》に秀《ひい》でた男であった。清盛は、なかなか流鏑馬で義清にかなわなかったが、一度だけ勝ったことがある。そのときの義清のくやしがりようは尋常《じんじょう》でなく、おのれの弓をへし折るほどであった。

なんとまっすぐな男か、と清盛はあきれた。愉快でもあった。それで、友人となった。

そのまっすぐな男は、あるときふいに発心《ほっしん》し、妻子を棄てて出奔《しゅっぽん》した。

棄てたのは妻子だけではない。

武芸の天稟《てんぴん》に恵まれた佐藤義清そのものをも、棄てていった。

「奥羽《おうう》へいき、もどってきたのだ。とりたてて用事はないのだが、御辺が暇そうにしているので顔を見にきた」

泉殿の母屋で清盛と対座し、西行はさばさばと言うのだった。

ひさしぶりに会う友人を歓待して清盛は上等な酒と肴《さかな》を饗《きょう》した。しかし西行は素知らぬ顔で、杯に水ばかりついで飲んでいる。

たぐいまれな叙情をもって高名な歌人であるが、武家の男にふさわしい体格の持主だ。いっけん求道者《ぐどうしゃ》とは思われぬ風格がある。

墨染《すみぞ》めの僧衣をまとっていても、老成はどこにもない。骨太であり、強靱《きょうじん》である。

おまけに野性みのある色男で、黙っていても女にもてる。

「このあとは高野山《こうやさん》にゆこうと思っている」

「山にのぼってなにをする」

「なにもしない。歌ができれば、書きつける。歌は詠《よ》みにゆくものではない。天意がくだって、詠まされるもの」

「おぬしはうらやましい男よ」

清盛は口元をゆるめて告げた。

「そんなわけはない。御辺が、拙僧をうらやむわけがないのだ」

言下《げんか》に西行が否定した。

「御辺がなりたいものはひとつではないか。御辺がうらやむものは、昔から、御父上ひとりだ。この世で初めて殿上人となりえた武士の誉《ほま》れよ。そうであろう」

「それを言われると話が終わる。話が終われば、おぬしは高野山にいってしまう。おれは酒の相手がいなくなるという次第だ。そうはさせぬさ」

ふふ、と含み笑いをしながら、清盛は杯をかたむけた。

西行の早すぎる出家について、さまざまな憶測の声は飛んだ。やんごとなき女性《にょしょう》に恋をしたゆえと噂するものはある。身近な人間の頓死《とんし》がきっかけだと見るものもある。

ほんとうのところはだれも知らない。清盛も、尋ねたことはない。

ただ、西行が折々に書いてよこす歌を一読すれば、わかることはある。

　ともすれば月澄む空にあくがるる
　こころのはてを知るよしもがな

なにかとても遠くにあるものを求めて焦《こ》がれたあげくの、いまの身なのだろう。

月ほどの、空ほどのものを求め。

「そうだな。おれは、いまのおぬしの境涯の自在さに憧れもするが、ずいぶん早くにそちらにいったおぬしを、ずるいとも思う。いましばらく、いっしょに現世で苦しみ悶《もだ》えることもできたらとなあ」

「であろうさ」

炙《あぶ》った鮎《あゆ》を犬歯でかじり、満足した顔つきで西行が答えた。

「正直にそう言えばよいのだ。御辺は口がうまいぶん、自分自身をもかんたんに説《と》きふせてしまうところがあろう。気をつけよ」

「そうか。だがおれには図抜けた和歌の才もなく、身を焦がす恋慕《れんぼ》をも知らぬからな。武人として生きる道しか、おれにはない。おぬしをずるいと責める法はない」

「武人であるおのれを、きらいなのか」

「きらいではない。気に入っている」

「ならよい。御辺にも、図抜けた武芸の才と、身を焦がす願いがある。たいして変わらぬ」

「たいして変わらぬか」

清盛は吐息をこぼした。

「いずれも、業《ごう》が深いのだな」

「それは坊主の言うべきことよ」

呵々《かか》、と西行は喉《のど》をならして笑った。

ふっと笑いを宙に消し、清盛に問うた。

「鳥羽院はおすこやかにおわすか」

「むろん。ご健勝にある」

「上皇さまはいかがか」

崇徳《すとく》上皇のことである。

上皇は、和歌を愛する。

西行と崇徳上皇には、身分の隔《へだ》てをこえて、すぐれた歌人としての共感と交歓があるのだった。

「お変わりはない」

「ならばよいが、気にかかる」

「友として言うが、おぬしは俗世を棄てたのだぞ。かかわらぬがよい」

「平清盛とて俗世のものであろう。かかわるなと言うのであれば酒など出すな」

「そうだな」

「思うにまかせぬものだ」

西行がつぶやいた。そして、独白のようにつづけた。

世中《よのなか》を捨てて捨てえぬ心地《ここち》して
都離れぬ我身成《なり》けり

＊　＊　＊

久安五年（一一四九）、二月。

鳥羽法皇が熊野《くまの》三山への御幸《ごこう》をおこなった。

家盛と頼盛は、それに随行《ずいこう》した。

このころ、熊野詣《もうで》はひんぱんにおこなわれた。鳥羽法皇は生涯に二十一度もの御幸をなしえている。京から紀伊《きい》の山深くをめぐる旅路には往復一月ほどの時間がかかったが、法皇はたいそう熱心であった。その信心が伝播《でんぱ》し、流行し、貴族も武人も追いたてられるように熊野へおもむいた。

そも、鳥羽法皇が帝になったのは、祖父、白河《しらかわ》法皇が世をおさめているときである。

嘉承《かしょう》二年（一一〇七）、齢《よわい》わずか五歳で天皇となった。当然、政務をおこなえる歳ではない。お飾りにすぎぬ。すべては白河法皇がとりしきった。

白河法皇は、この時代の特徴ともいえる院政――帝ではなく、退位したあとにも上皇が政《まつりごと》を掌握すること――による権力を、最大限にふるった巨魁《きょかい》である。

白河院に清盛の祖父正盛と父忠盛が仕え、おぼえめでたかったからこそ、平家一門の栄華の基盤がつくられたともいえる。

鳥羽天皇は、保安《ほうあん》四年（一一二三）に第一皇子の崇徳天皇に譲位し、上皇となるが、白河法皇はかわらず在位していた。鳥羽上皇に実権はなく、摂関家も白河法皇には口出しがかなわず、世はおしなべて白河院のものであった。

白河法皇が崩御《ほうぎょ》した大治《だいじ》四年（一一二九）になり、ようやく天をおさめる魔力が鳥羽院の両の掌《たなごころ》におちてきた。

祖父白河院のなしたことをなぞるように、鳥羽院もまた、朝廷をわがものとし、贔屓《ひいき》の近臣に位階を与え、ほしいままに男女を寵愛《ちょうあい》した。

清盛は西行とともに鳥羽院の近侍《きんじ》、北面の武士であったから、忠誠は深い。だが今度《こたび》の熊野参詣に、清盛は同行していない。祇園社の件による謹慎はいまだつづいていた。棟梁忠盛のほか、家盛、頼盛、教盛が随伴《ずいはん》している。

鳥羽法皇の近くに我が子の家盛と頼盛をそろって伴わせたことに、宗子の意向はあったかもしれない。いずれにしても平家一党をあげての大役であった。

身をきよめ、粛々《しゆくしゆく》と、頼盛は旅路をすすんだ。十七歳の若い頼盛に、長旅は苦ではなかった。三山をめぐるのも、胸が澄んで清涼な体験だった。

つつがなく参詣をおえて、鳥羽法皇の輿《こし》は来た途《みち》を京へとひきかえしていた。

一行に供《とも》する馬上、ふと頼盛は白い光を見た。

すうっと視界をよぎっていった真っ白な軌跡が、なぜか頼盛のこころに灼《や》きついた。気にかかって、しかたがなくなった。

宇治川《うじがわ》が近かった。

白い影の正体は、水辺にむかいゆく白鷺のすがただった。

「鷺がおります、兄上。ほら。白く、きれいな鷺が」

馬をすすめて家盛の馬の隣に寄り、頼盛は囁《ささや》いた。

兄の好きな鷺を、見せたかっただけだ。

家盛はのろりと首をうごかし、空中を眺めた。

おかしい、と頼盛は感じた。

鷺のゆくえを追った家盛の双眼は、泥濘《でいねい》のようにどろっとしている。

鞍にまたがる身体は、木でこしらえた人形のごとくなめらかさを欠いていた。

「鴉しかいない」

家盛が言った。——鴉などどこにも見えぬのに。

「兄上。どうかなさったのですか。お加減がよくないのですか」

「ヨリ、鴉しかいないよ。きたない。きたない。なにもかも、きたない」

「兄上！」

頼盛は声を大きくした。

ひどく現実味のない気分だったが、おそろしい予感に逆らって叫んだ。

「家貞はおるか！　家継《いえつぐ》！　貞能！　宗清！　兄上がご不快なのだ」

郎党を見渡して呼ぶと、忠盛の一の家臣、家貞が勘《かん》よく聞きつけ、馬を戻してきてくれた。

「いかがなされた。熱がぶりかえされたか。お寒うござるか。ひとまず、馬をお降りくだされ」

法皇の輿からゆるゆると遠ざかりながら、家貞が家盛にうながした。頼盛は驚いた。

「熱？　熱がおありなのか、兄上は？」

「出立《しゅったつ》前のことにございますが、しかしもう治ったと仰せになり」

返答のなかばで、家貞は「あっ」と声をあげた。ずるると馬から落ちかけた家盛の胴を、逞しい腕で丸太を拾うようにつかまえた。

「ものども、寄れや。そうっと、降ろしてさしあげよ」

家貞に呼び寄せられた郎党が、馬のまわりを囲み、幾人もの手で家盛を抱《かか》えおろした。

白《しら》んだ宇治川の流れが、遠くで穏やかに歌っている。

「兄上」

頼盛も馬を降り、手綱を家人にあずけた。兄の蒼《あお》い顔をのぞきこんだ。

「兄上。どこかでお休みいただきましょう。ね、そういたしましょう」

「——きたない」

家盛がふいに言った。

「世は、醜《みにく》い!」

優しい兄の顔が、そのとき頼盛にはおそろしげな般若《はんにゃ》の面に見えた。

それきり家盛はなにも言わなくなった。

なぜだろう。

なぜだろうと考えたまま、頼盛は、ほかの思考に移れなかった。

「家盛さま、家盛さま……」

まわりだけがざわざわと蠢《うごめ》いた。

「大殿をお呼び戻さねば」

「京に早馬《はやうま》を」

「もののけ、魑魅魍魎《ちみもうりよう》のしわざか」

かっと見開かれた兄の双眼になにがうつっているのか、頼盛は見つけようと試みた。黒々とした瞳の奥を懸命にさがしたけれど、なにもなかった。

兄はもういないのだとわかった。

(……かんたんなのだな)

こんなにも、と頼盛は静かに思った。

(小石があたるかのように、たやすく……あっけなく、ひとは死ぬのだな)

ゆめか、うつつか。

どちらとも区別のできぬ、不可思議な時間だった。

家盛の頓死を知らされた乳父の維綱は、宇治川のほとりまでかけつけてくるなり、悲嘆のあまり、家盛の亡骸《なきがら》のまえで髻《もとどり》をきりおとして出家してしまった。

法皇の行列をとどめることになってはならぬので、忠盛は御所まで鳥羽法皇につきしたがった。

六波羅から家人らが輿をかついで駆けつけた。母宗子の待つ池殿へと、家盛を運びこんだ。

「はやく加持祈禱《かじきとう》を。なにものかがきっと家盛に呪法《じゆほう》を」

宗子の金切り声さえも、頼盛の耳にはあまり響かなかった。

「きっと悪《あ》しきものが家盛に呪詛《じゆそ》を。はやく法師を。家盛はわが平家の正嫡《せいちやく》。いきかえらせなくては。はやく。はやく」

――世は醜い。

兄のことばだけが、頼盛の胸に谺《こだま》するのだった。

武道修練に励《はげ》み、心身を鍛《きた》えぬいた、優《すぐ》れた武人である兄が、どうしてそのような闇を見たのだろう。


呪詛である。

そう母がくりかえすのを、頼盛はきれぎれに聞いた。

呪詛であるやもしれず、そうでないかもしれぬ。家盛の死《し》に際《ぎわ》をまのあたりにした頼盛は、たしかになにものかの呪詛が介在したといわれればそうかもしれぬ、と思う。

いきかえらせなくては。

母がくりかえす。

（いきかえりは、しないであろう）

冷えた認識が頼盛の胸にある。

護摩《ごま》を焚《た》き、経を唱《とな》えても、死んだものは、いきかえりはせぬ。

兄を哀れに思った。

（きれいなものを好まれた兄上なのに……鷺が、見えなかったのです。母上。せめて、最期《さいご》の一刻、見せてさしあげたかった）

あれやこれやと下知《げじ》する母のまわりで一門の家人がおちつきなく行き来しつづける。高位の僧が幾人も呼ばれ、祈禱がおこなわれた。頼盛はすこし離れたところに座して、黙然《もくねん》とうつむいていた。物音がやけに大きく耳に届くと思えば、かそけく遠ざかりもした。自分ではよくわからなかったが、頼盛も激しく動転していたのだろう。

「だれが指図したか、いまさら祈禱など！　もうやめよ！」

雷鳴のように轟《とどろ》いたのは、池殿に帰着した父忠盛の一声だった。

「死んだものは死んだのだ。あきらめて、手厚く弔《とむら》うしかあるまい」

「いやでございます」

宗子が泣きすがった。

「家盛は、たった二十三歳にございます。あきらめようがありましょうか！」

「寿命であったのだ。やむをえぬ」

「あんまりにございます。戦で死ぬならまだしも、このような」

くやしげに母が言った。

（そうだ。わたしも兄上も、武士であるから、戦で死ぬはずだったのだ……）

頼盛は新鮮な感慨を抱いた。

それはどうしようもなく繕《つくろ》いきれぬ、大きな悲しみだった。

「大殿。家督はどうなさいますか」

突然、宗子がそんな頓狂《とんきよう》なことを尋ねた。

「家盛が死んでしまいましたら、どの子が跡を継ぐのですか。どうか頼盛にお継がせください。頼盛、さあさあ、あなたからも、お父上にお願いをするのです」

「おやめください、母上！」

ぞっとして頼盛は立ちあがった。さすがに声音《こわね》を荒ぶらせて反駁した。

いま清盛の歳は三十二、頼盛は十七。家督争いをするには頼盛は未熟すぎた。

なにより、家盛の骸《むくろ》のまえで始める話ではないであろう。

「兄上の弔いもなさらず、なんと道理の通らぬことをおっしゃるのです。ご乱心めさるな！」

「頼盛、もうよい」

忠盛が、苦衷《くちゅう》に満ちた面持ちで、それ以上の糾弾を制した。

「生みの母親が乱心するもしかたのないこと。たわむれに口走ったことは、忘れてやるがよい」

「……はい」

激発《げきはつ》の気分はすぐに萎《な》えてしまった。頼盛はうなずいた。

母を怒鳴ったことなどないせいか、後味がわるく、喉が渇いた。

父が言う。

「だれかに清盛を呼んでこさせよ。家盛の顔を見せてやらねばならぬ」

「いえ、父上。わたしが参ります」

頼盛はそう答え、母屋をあとにした。

兄のいる泉殿にむかうつもりだったが、屋敷を出るまでもなかった。

鈍色《にび》一色――喪《も》の色の、正絹《すずし》の直垂をまとった清盛が、中門廊にたたずんでいた。

「兄上」

そう呼んだきり、頼盛は言葉が出なくなってしまった。

愁嘆場《しゅうたんば》の大騒ぎは、清盛にも聞こえたであろう。

「苦労であったな、ヨリよ」

微笑して清盛が言った。

「おれも熊野へ同道すべきであった。心細い思いをさせたであろう。すまぬな」

「兄上。わたしは兄上と競うつもりなど、けっしてございませぬ。どうか、どうか母上を黙らせてくだされ」

頼盛は胸のなかの惑乱をそのまま兄にぶちまけた。

「うむ」

清盛は思慮深い額を、下へ傾けた。

「ヨリの想い、よくわかっておる。……不思議のことよな。おれは、家盛を失《うしの》うて、ひたすらに悲しいのだ。家盛は、心根の清い、よい弟だった。母上にはなぜ、こんなにあきらかなことが、わかっていただけぬのだろうな」

「はい」

ようやく肺腑《はいふ》の底から涙がこみあげて、頼盛は声を殺して泣いた。

清盛は泣かなかった。まなざしを庭へと投げ、頼盛のこころを慰撫《いぶ》するかのように、ひとりつぶやいた。

「なあ、ヨリ。おれはほんとうに、家盛に生きていてほしかったのだ」

結局、家盛の死は、清盛にとっては救済として働いた。鳥羽法皇の後押しもあり、平忠盛の後継者として、清盛の名は不動のものとなった。

二

一年後——久安六年（一一五〇）、頼盛にはひとつの変化があった。妻を娶った。

とはいえ女性のことはまるでわからぬ。

頼盛にとっては世間そのもの、人間そのものが、まずよくわからない。ことさらに、若い女は謎だ。

鳥羽法皇の娘である暲子内親王、すなわち八条院と呼ばれる女院。この女院につかえる女房が、頼盛の相手であった。

鳥羽法皇が溺愛《できあい》した暲子内親王そのひとは生涯嫁《か》することなく、やがて法皇崩御ののち髪をおろすのだが、このころはまだ十四歳、娘らしいほがらかさをふりまく華やかな女性だった。その鳥羽法皇と忠盛は昵懇《じっこん》の間柄であったから、しぜん、器量のよい女房がいるという縁談が頼盛のところへ流れついた。

だれであれ夫婦となるならば、あらまほしき良人《おっと》と認められたくはあったが、まちがいなく自分はそういう手管《てくだ》を持ちあわせていない、と頼盛は知っている。

池殿から馬で妻のもとへ通い、菓子や反物《たんもの》や絵巻で機嫌をとろうとしても、相手は小声でほそほそと生返事をするばかりで、臈《ろう》たけた顔容《かんばせ》をろくに見せてもくれない。

夜更《ふ》けに帰途につく頼盛に、供をする宗清が興味津々《しんしん》で尋ねた。

「今宵はいかがでございましたか」

「わからぬ。会うよりも、歌だけ送りあっているほうが互いに楽だ。歌はすぐ書けようが、行き来はめんどうくさい」

「また、そのような風変わりなことをおっしゃる。もったいのうございますぞ」

ふ、ふ、と宗清は笑った。

宗清は頼盛よりも十年年嵩《としかさ》で、亡き家盛と背格好が近い。身近な兄のようで、頼盛にとっては気安いことを言える家人だった。

「わたしはひとりでいるほうが好きだ。だのに母上は、すぐにでも孫の顔を見せよとうるさいのだ。こまっている」

　母は頼盛に、こどもをつくれと急《せ》かしはするが、頼盛の妻を池殿の屋敷に迎えいれることには乗り気でない。重ねてめんどうくさい話だと頼盛は感じる。

　忠盛には長男清盛がいる。五男である頼盛のまえに、三男の経盛も、四男の教盛もいる。孫を望むのなら、かれらの子で満足できるはずである。しかし宗子にとっての息子は家盛と頼盛のふたりきりなのだ。

　亡き家盛は、娘を、ひとり遺《のこ》した。これが男子であったなら、と宗子は思っているだろう。

「わたしはまだ、こどものままなのであろうな。恥ずかしいことだが」

「宗清には、頼盛さまがときどき、べつの世界のおかたのように思えますな」

「なんだ。悪口か」

「いいえ。ものの見えかたが、ふつうのおかたとはちがうのでしょう。頼盛さまの眼力は、大殿にとっても兄上さまにとっても、たのもしいものにありましょう」

「宗清はわたしに甘いのだ」

「ふ、ふ。どうでしょうなあ」

家盛の死後、頼盛は、常陸介《ひたちのすけ》、従五位上《じゅごいのじょう》の官職を賜った。なにもめでたい働きはしていない。兄家盛の遺産を継いだだけだった。

久安六年十二月、崇徳上皇の第一皇子、重仁《しげひと》親王が御年《おんとし》十一で元服した。

その祝賀の宴が、六波羅であった。

重仁親王の乳母《めのと》を、頼盛の母宗子がつとめている。忠盛も乳父ということになる。忠盛がより高い地位を得るための階梯《かいてい》が、この第一皇子である。重仁親王は、有力な皇位継承者と目《もく》されていた。豪奢な宴を献呈することによって、平家の力もいっそう高まるであろう。

なので——宴に出よ、と頼盛も母から命じられた。

ただし、出るのは頼盛だけだという。

「わたしだけが参席するのですか。清盛の兄上が参られぬこと、いかにまわりにご説明すればよろしいか」

当日、頼盛は意外な思いで母に尋ねた。

自分より清盛のほうが官位が高いのだから、彼がいなければおかしい。

「ええ、よいのです。清盛どのは、やはり昔から鳥羽法皇さまとのご縁がひとかたな親王さまと将来《さきざき》のためにならぬ側近の身。上皇さまにとっては、敵にも等しいでしょう。あなたは、上皇さまのおそばにあればよろしい。あなたにとっても一門にとっても、将来《さきざき》のためになります」

「母上！　そのようなこと、だんじて口になさるべきではありません」

「あなたが相手だから言っているのです。口外はなりませんよ」

母は、ぎらぎらと輝く双眼を頼盛にむかわせ、言いきった。

兄家盛が死んだのち、母が憔悴《しょうすい》して死んでしまうのではと心配した頼盛だったが、とんだ見当ちがいであった。

家盛がいなくなったからこそ、母の情熱はとめどなく燃えさかる。鬼火のように。

鳥羽法皇と崇徳上皇の間柄は、よろしくなかった。

その因縁《いんねん》は、崇徳帝の即位以前からはじまっている。

発端は鳥羽院の祖父、白河法皇である。

崇徳上皇は、鳥羽院の后《きさき》である待賢門院《たいけんもんいん》璋子《しょうし》と、白河法皇のあいだにうまれた御子だという定説が、朝廷にはくっきりと存在した。

不貞の子であるという憎しみをこめて、鳥羽法皇は崇徳上皇のことを息子ではなく「叔父子《おじご》」と呼んだ。

そも、待賢門院璋子は白河法皇の寵姫《ちょうき》であった。鳥羽法皇は掌中《しょうちゅう》の珠《たま》を下賜《かし》されたというわけであった。しかしその婚姻が成ったのちにも、白河院は待賢門院をほしいままに玩《もてあそ》んだという。

祖父の子を、おのれの皇子として託された日から、鳥羽法皇は氷柱《つらら》のようなまなざしで崇徳上皇をみつめてきた。

（だが、崇徳さまにとって、鳥羽さまが敵とはかぎらぬ……）

母の理屈は単純すぎる、と頼盛は思う。

法皇の実権は強大だが、朝廷をうごかすものは他にもいる。

たとえば摂政関白を任ぜられる藤原氏においても、藤原忠実《ただざね》の息子たち、忠通《ただみち》と頼長のあいだに、家督を奪いあう暗闘がくりひろげられていた。終《しま》いには、長男の忠通が関白の座を、次男の頼長が家督と内覧《ないらん》の座を得ることになる。執政職《しっせい》である関白と内覧が同時期に並び立つのは異例であり、朝廷は分裂しつづけている。

鳥羽法皇のちかくに清盛を置き、崇徳上皇と御子の重仁親王のそばに頼盛を置くのは、父忠盛なりの配慮あってのことであろう。一族としては、偏《かたよ》りのない対応である。こうした父のぬけめのなさは、頼盛にとっても好ましいものだ。

（政略ならば理解できる。父上のそれは、政略である。母上のそれは、感情であるゆ

えに……わたしは苦手だ）

その夜は、重仁親王の元服の宴がひらかれた泉殿の庭へ、崇徳上皇も短いひとときながら御幸《ごこう》をした。

頼盛は父に伴われて上皇に拝謁《はいえつ》した。せがれの頼盛にございます、と述べた父に、崇徳上皇は、無言でうなずいただけだった。あまり人間をお好きではなさそうなおかただ、と頼盛は感じた。

（味のしないものをむりに召しあがっているような――くるしげなお顔をなさっている）

言葉すくなに皇子の元服を祝うと、崇徳上皇はたちまち六波羅を出て、御所へとかえっていった。

忠盛は宴の主役である重仁親王にも、頼盛をひきあわせた。

「重仁さま。ごりっぱな元服のおすがた、たいそう眩《まぶ》しく存じまする」

「うん。よい日になった」

きらきらと利発な双眼をひからせる重仁親王は、祝賀をうけて鷹揚にうなずいた。

「こちらが頼盛にございます。乳母子《めのとご》として、ぜひ末永く」

「家盛の後釜《あとがま》であるか」

重仁親王が、無邪気な言いかたをした。

(後釜――なるほど)

頼盛は、不愉快にはならなかった。

得心した。

こうして兄家盛の遺産をひとつひとつ継いでゆくのが、おのれのさだめなのだ。

「亡き兄の名を憶えおかれましたとは、感激にたえませぬ。以後、頼盛の名も御心におとどめくださりませ」

しかと一礼して頼盛は告げた。忠盛は、やや驚いたふうだったが、親王のまえを辞したのちに、満足げに頼盛を褒《ほ》めた。

「よくぞ言った。平家の男はそれでよいのだ」

「ですがわたしは……」

頼盛は、やはりここに兄清盛がいなければならない、と思った。

父に訴えるべきか迷った。

――その刹那《せつな》であった。

音の嵐が、なだれこんできた。

　ほう、ほう、ほう、と頓狂《とんきょう》な声をあげて、庭に駆けこんできた埃《ほこり》まみれの一団は、小汚い袿《うちぎ》をひきずる遊女や、みすぼらしい傀儡《くぐつ》（芸人）、男の装束を着た白拍子《しらびょうし》など。

　鼓《つづみ》をうち、鉦《かね》を鳴らし、大声で歌い、踊り、騒ぐ、賤《いや》しきものたち。

　宴の煌《きら》びやかさは一掃され、猥雑《わいざつ》で下品な景色に塗りかえられた。

「なにごとか。こやつらを、だれが庭に入れたのだ。追いだせ」

　忠盛が声をはりあげた。

「そうはいかぬぞ、忠盛よ」

　優婉《ゆうえん》と応《こた》えた声があった。

　乱痴気騒ぎの集団のなかから、つっと歩みだしてきたのは、冴《さ》えざえと眦《まなじり》のきれあがった美男子ひとり。

　ゆれる篝火《かがりび》の焔《ほむら》に、深雪のように白い頬があかあかに照らされた。

　どういうつもりか遊女の赤い袿を肩に羽織《はお》っているが、この人物は高邁《こうまい》な血筋の所有者であった。

　崇徳上皇の弟、雅仁《まさひと》親王。

のちの後白河天皇。

このとき二十四歳である。

「甥《おい》の元服を祝いにきたのだ、追いだす法はなかろう」

「しかし、前触《さきぶ》れもありませぬでは」

忠盛は納得しないが、雅仁親王は耳を貸さない。

「のう、元服なさった重仁親王さまよ、今様《いまよう》というものを知っているか？　たいそうおもしろいのだ。ひとつふたつ、教えてやろう。さあみな、歌え！　歌え！」

両腕をひろげて、遊女らをうながした。

とたん、彼女たちがいっせいに、愉快げに歌いはじめた。

武者《むさ》を好まば小胡簶《こやなぐい》
狩《かり》を好まば綾藺笠《あやゐがさ》
捲《まく》り上げて
梓《あづさ》の眞弓《まゆみ》を肩にかけ
軍遊《いくさあそび》をよ軍神《いくさがみ》

おなじ歌を三回、くりかえした。

そういうきまりなのだろうか。

かつて頼盛の耳にふれたことのない、あかるい、嬰児《みどりご》の瞳のようにあかるい韻律《いんりつ》であった。

土俗的で逞しく、ひらひらと華やかに歌われる、力に満ちた音階だった。

女たちが舞いながら歌うさま、万種の花が咲き誇る春の野のごとし。

彼女らを率い、雅仁親王も、朗々と歌っている。

雅仁親王は変わりものであり、賤しい身分のものが歌いならわす今様という歌に夢中なのだと、朝廷でも噂になっていた。

供も連れずに遊女たちの舟にのりこんでいっしょに歌っていたこともあれば、自分の御所で幾日も昼夜休みなく歌いつづけていたこともあるそうだ。

（今様とは、こういうものなのか）

頼盛は率直に、今様とはよいものだと思った。

下賤《げせん》のものが歌うからといって、歌のうつくしさに瑕《きず》はつかぬ。

ただ、重仁親王の祝いの席である。雅仁親王のおこないは狼藉《ろうぜき》であろう。

こうした奇矯《ききょう》なふるまいの数々のため、雅仁親王は、鳥羽法皇からも崇徳上皇からも疎《うと》まれているという。

皇位を継がぬ気楽さで、かれら芸能民を呼びあつめては遊びふけっているのだと。

「頼盛よ。頼盛よ。雅仁を止めてくれないか」

低い位置から、頼盛を呼ぶ声があった。

童子の声だ。

男か女か、わからぬ。

頼盛は自分の傍らを見た。

歳のころ、六つか七つほどの童子が、そこに立っていた。薄汚れた襤褸《ぼろ》を着ており、裸足《はだし》だった。遊女たちとともに庭に入ってきたのか。

おかしな仮面をかぶった童子だ。

粗《あら》っぽく木を削り、大きな目玉をふたつ象《かたど》った面だった。

覗き孔《あな》はあいていないように見えるが、かぶっていて不自由はないのだろうか。

「雅仁さまを止める？　わたしが？」

頼盛は、驚いて問いかけた。

「おや。頼盛は、おれの声を聞けるのか？　おれのすがたがわかるのか？　人間のくせに、めずらしいやつだ」

童子も、驚いたようすで言った。

「奇態《きたい》なことを言う童子よ。その仮面はなんなのだ」

「これは、あきつの面だ」

「あきつ。蜻蛉《とんぼ》か」

「あきつは、あきつだ。なあ、頼盛よ、雅仁を止めてくれ」

「おまえのような童子が、親王さまを、そのように呼んではならぬ」

「おれはいいのだ」

頑として、あきつは言いはる。

まいったぞ、と頼盛は思った。

雅仁親王が連れてきた傀儡なのだろうが、こんな子供の相手をしている場合ではなかった。

「今様は気に入ったか？」

突然、頼盛のすぐ隣で、雅仁親王が問うた。

頼盛は動揺した。

ほんのさっきまで庭の中央で歌っていた親王が、母屋近くにいる頼盛に、いつのまにか話しかけている。

いったいなんの用があって声をかけてきたのか。

ともかくも礼をとり、慎重に答えた。

「好きでございます」

「そうか。わしはこの世のすべての今様を蒐《あつ》めようと思うている。そなたも、わしの今様の宴に顔を出すがよい。頼盛というたな」

雅仁親王は、つるりと容易に頼盛の名を呼んでみせた。

頼盛には、意外なことであった。

（わたしの顔と名を憶えられているとは）

家盛の後釜となって間もないというのに。

雅仁親王は奇矯だが、暗愚《あんぐ》ではなく、ずいぶん視野のひろい人物であるようだ……。

「はい。忠盛の子、頼盛にございます。今様には、従来の歌とは異なる、あかるさを感じまする」

「そうであろう。今様は、善《よ》きものなのだ。権勢に目のくらむものどもは、芸能を社交の手だてとしか思うておらぬ。まことの意味がわかっておらぬ。歌も舞いも管弦も、神仏の遊びよ。みな、涅槃《ねはん》とつながっておるのだ」

「涅槃、にございますか」

頼盛は、愚直にくりかえした。

わかったふりも、愛想笑いも、頼盛にはむずかしい。

勘のわるい弟子を眺める双眸《そうぼう》で、雅仁親王がからからと錫杖《しやくじよう》の音《ね》のように笑った。

「わからぬか。まだそなたには早い話であったか」

「面目《めんぼく》ございませぬ」

「頼盛よ。残念であったな。忠盛が、他人の子を拾うたばかりに」

筋道のつながらぬことを、ふいに雅仁親王が口にした。

――そういえば仮面の童子がいない、と頼盛は頭の片隅《かたすみ》で認識する。

女たちが歌う今様の声も、なぜか聞こえない。

重仁親王の宴はどうなったのか。父や家人のようすを窺《うかが》い見ることもできない。

気づけば雅仁親王と、たったふたりきりで対峙しているのだった。

たったふたりきりで、鈍色の虚無《きよむ》のなかにとじこめられたようだった。

夢の底にでも落ちてしまったのだろうか。

「残念、とは」

口をうごかすのも難儀である。

えたいのしれぬ畏《おそ》れを感じつつも、頼盛は言をつづけた。

「残念とは、なにがでございましょう」

「わしは、なんでも見通しているのだ。そなたの同腹の兄が、なぜ死んだのかも」

小首をかしげて雅仁親王が言った。

頼盛は愕然《がくぜん》とした。

平家と縁遠い雅仁親王が、兄の死のなにを知っているというのか。

(言葉遊びに捕まってはならぬ)

家盛の死を、妄言《もうげん》の材料とされたくはなかった。

「わが兄、家盛は、頓病《とんびょう》にて死せると存じます。ひとえに、不運ゆえ」

「清盛が殺したと、どうして言わぬ」

雅仁親王が、不可思議なことを言う。

「お戯《たわむ》れを……」

頼盛は、立っているのがつらくなるほどに、妖しい眩暈《めまい》をおぼえた。

背筋を冷や汗が流れおちていった。

「兄清盛は、清廉《せいれん》な武人にございます。まちがっても、そのような疑いは、無用のもの」

「清盛は、忠盛の子ではない。白河院がとある女御《にょうご》にうませて、忠盛に下賜したのだ。どういうことか、わかるか。白河院はわしの曾祖父である。清盛と血がつながっているのは、おぬしではなく、わしのほうなのだ」

にわかには信じがたい話であった。

――しかし、合点のいく話でもあった。

忠盛が白河法皇への忠節によって異例の昇進をとげ、殿上人にまでなったことを思えば、白河法皇の子をひきとったとしても不思議はないのだった。

とはいえ、と頼盛は考える。

（なぜ、それを、わたしが聞かされているのか……わたしが清盛の兄上と、平家の家督を争いうると思われているのか……？　兄上が平家棟梁を継ぐと、このおかたには不都合なのか……？　それとも）

全身が悪寒《おかん》に震えて堪《た》えがたいほどだったが、頼盛は懸命に思考した。

「……雅仁さまは、いま……兄清盛を、うらやんでおいでなのでしょうか？」

頼盛の問いを、たいそう興味深げな気色《けしき》で、雅仁親王はうけとめた。

「ほう、なぜわしがうらやむ？　賤しき武門のものを」

「賤しき武門の身分ゆえに、あなたさまより自由にお見えになるのでは」

「は、は、は、は！」

破裂するように、雅仁親王が哄笑《こうしょう》した。

このうえない見世物に満足した、観客の笑いだった。

「さすがに忠盛の子は小賢《こざか》しい。一筋縄にいかぬな」

遠くから、あらたな歌声が聞こえてくる。

白拍子の歌声だ。

ほとけは常にいませども
現《うつつ》ならぬぞあはれなる
人の音せぬ暁《あかつき》に
ほのかに夢に見えたまふ

なんと妙《たえ》なる歌だろう。

頼盛は、その声に耳をすます。

はっと気づくと、雅仁親王のすがたは目前から消えていた。

あたりを見まわせば、遊女らの一団のなかで雅仁親王は歌っている。ずっとそうしていたかのように。

では、いまの対話は、なんだったのか。

そして仮面の童子は、まだ頼盛のそばにいた。

「平頼盛よ。おまえは、やっぱり変わりものだなあ。あの雅仁に誑《たぶら》かされないとは」

「おまえがなにを言っているのか、わたしにはわからぬ。おまえは化生《けしよう》のものなのか。なぜ、おかしな仮面をかぶっている。なぜ、わたしにだけおまえのすがたが見えるのか」

「さあてなあ。だが、ここらの連中は、みな幾重《いくえ》にも偽の仮面をかぶっているではないか。おれは、とても正直なのだ。ひとつの仮面しかかぶらぬもの」

皮肉った言いかたをするあきつだが、頼盛の目には、なぜか悄然《しようぜん》として見えた。

仮面の童子はなにかを悲しんでいる。

「あきつよ。おまえはなにものなのだ」

頼盛は尋ねた。

童子は答えなかった。

気まぐれに飛びたつ蜻蛉のように歩きだし、今様の歌声のなかにふうっとすがたを消した。

三

仁平《にんぺい》元年（一一五一）。

清盛の長子、平重盛、従五位下に叙される。清盛三十四歳、重盛十四歳のときである。

忠盛、清盛、重盛の三代をもって貴族の身分を得たことで、平家の躍進は一時のまぐれではないという事実が示された。

同年二月、清盛は安芸守《あきのかみ》になる。忠盛の知行《ちぎょう》国は安芸と常陸であり、頼盛がすでに常陸介を任じていた。となれば、清盛は安芸の実権を握る必要があった。とりこぼしなく、父の遺産を継ぐためである。

忠盛は病にたおれ、病床からおきあがれぬ日がつづいていた。

口惜《くちお》しい、と忠盛はくりかえす。

正四位上、刑部卿《ぎょうぶきょう》。武門のものとして最高峰の位置にまでのぼった忠盛だが、三《さん》位《み》になれぬことが口惜しいのだ。三位にまでのぼれば、いよいよ公卿である。

「口惜しいことよ。あとわずかで、宿願成就《しゅくがんじょうじゅ》のときに」

枕に頭を置いた忠盛は、ひどく気弱に涙をこぼし、言うのだ。

それはたんなる老醜《ろうしゅう》ではなかった。忠盛という男の人生をまっしぐらに牽引《けんいん》してきた強烈な想念の、燻《くすぶ》りである。

「気弱になられますな。病もまもなく去りましょう」

清盛は快活な声音で父を励ました。

「まもなく三位のしらせも届きましょう。それまでに、お元気になってくださらねば」

そう告げても、忠盛は涙するばかりである。

ひとの生命とは、このようにして徐々に、ゆるゆるとたよりなくほどけてゆくものやもしれぬ。

父の枕頭《ちんとう》を辞して、清盛は池殿の南庇《みなみびさし》に出た。

「盛国よ。宮島《みやじま》への寄進を倍に増やせ。父上の快癒《かいゆ》をさらに祈念《きねん》いただく」

昨今、清盛が熱を入れて奉じる厳島《いつくしま》神社のことである。

「かしこまりました」

控えていた盛国が、深く低頭した。

どさりと清盛が庇の床にあぐらをかいた。憂鬱げであった。やむをえまい、と盛国は感じる。家長として差配すべきものごとの多くは、すでに父でなく清盛の手元にあつまるようになっていた。

「大殿はおつよいおかた。ご心痛なさいますすな」

「わかっているがな」

ちりと親指の爪をかんで清盛が答えた。

「兄上。おいでてしたか」

南庭の奥の梅林からあらわれて声を発したのは、頼盛である。

盛国は、面持ちを硬くした。

家盛亡きあと、正室の宗子はいまでも頼盛の地位をもりたてようと躍起《やっき》であるのだ。盛国としては、やはりこころやすくはおられぬ。

いっぽう頼盛には、盛国のこわばりについて、不快な気分はなかった。盛国は兄清盛の忠臣であり、懐刀《ふところがたな》である。その警戒心とて、りっぱな仕事ぶりと思うだけである。

頼盛は、父が倒れているときも、悲観し、しょげる性質ではない。できることはなにかを考えた。その結果が、梅林である。

「おう」

清盛がすこし頬をゆるめた。

「どうした、ヨリ」

「梅の枝をひとさし、父上のおそばに活《い》けさせようと思うのです。見頃ですので」

手折《たお》った紅梅を掲《かか》げ、頼盛が答えた。

忠盛は剛毅《ごうき》な男であると同時に、風雅《ふうが》を解する男でもある。

和歌に親しむがゆえ、鳥羽法皇から好かれもするのだ。

「そうか。梅ならばよかろう。桜はよくない」

「桜はいけませぬか」

頼盛は首をかしげた。

「ヨリよ。おれの知っている歌には、こんなものがある」

くちびるに微細な棘《とげ》のような笑みをしめして、清盛は歌を詠んだ。

「仏にはさくらの花をたてまつれ　わが後《のち》の世を人とぶらはば。——見舞いにはむくまい」

「西行どのの作にありましょうか」

「よくわかるな」

いま清盛が口にしたものよりも、さらに激しき死への憧れと酩酊《めいてい》を詠うものが、西行の歌作のうちにはある。高名な歌である。

　願はくは花の下《した》にて春死なん
　そのきさらぎの望月の頃

清盛はあえてそれへの言及を避けたのであろう。

西行の桜が内包する仄紅《ほのあか》い死の誘《いざな》いは、うつくしすぎるのだ。

「西行どのはあまりに桜に恋しておられる。物狂いのようにも見えまする。むろんとてもうつくしい歌だとは感じますが、わたしにはとてもむずかしくもあるのです」

「そうか。ヨリは花には狂わぬものな」

「たしかに狂えず、こまっております。おかげで妻には、風雅を解《げ》せぬ朴念仁《ぼくねんじん》よと、きらわれてばかり」

頼盛は双眼を伏せ、はにかんだ。ふふ、と清盛が笑った。

「西行どのはご健勝でしょうか」

「わからぬ。あれは漂泊《ひょうはく》の男よ。おれも一艘《いっそう》の小舟で明日をも知れぬ波間を漂うてみたいものだ。だがいまのおれは、似たようなことをしているのやもしれぬ」

「――一艘の小舟ではありませぬ！」

ふと頼盛はおおきな声を発した。

「兄上。一艘ではありませぬ、小舟でもありませぬ。われら平家一党、一枚板となって父上と兄上をお支えしております」

「うむ。ヨリがそう言うてくれるのをおれも知っているのだ。知っているとも」

なにかに耐えるように清盛が言った。

（家盛の兄上が生きておられたら）

頼盛は想像する。

もっとうまく清盛を支えたであろうか。

それとも、いまごろ家督は家盛のものとなっていたか。

だれにもわかりはしない。

（――清盛が殺したと、どうして言わぬ）

雅仁親王の謎かけに、こたえなどいらぬ。

ゆるゆると時間をかけて、忠盛は枯れるように弱っていった。

若き日に瀬戸内の海賊をたいらげた暴れ武者も、もはや食べず飲まず、骨と皮になっていった。

そうして二年後の仁平三年正月、忠盛は息をひきとった。

待ちわびた三位のしらせは、ついに届くことはなかった。

「口惜しいですな。父上」

偉大な父の亡骸をまえに、清盛は言った。

「父上の口惜しさ、清盛がすべて背負うてまいりますぞ。いっそうの平家の栄耀栄華《えいようえいが》、未曾有《みぞう》の慶《よろこ》びを、かならず清盛がつかみとってみせますぞ。父上の子として」

平忠盛の子として、と。

それはまことに清盛の願いだったろうか。

のちになり、頼盛は思いかえすのだ。

平家一門の長となった清盛は、その瞬間から弛《たゆ》むことなく時代を邁進した。

武者《むさ》の世、と呼ばれる時代が、やってくるのだった。

清盛が父に誓った言葉は、すべて真実となった。

しかし一個の人間としての兄は、なにを求めていたろうか。

章の二

保元《ほうげん》の乱——源平《げんぺい》共闘

一

忠盛の死より二年後。

久寿《きゅうじゅ》二年（一一五五）七月、鳥羽法皇の皇子、近衛《このえ》天皇が病の末、わずか十七歳にして崩御《ほうぎょ》した。

鳥羽法皇と崇徳上皇の、それぞれの思惑のせめぎあいが、ここに戦乱の種《たね》をまくことになる。

近衛帝の後継としては、ほんらい、崇徳上皇の皇子である重仁親王が有力な候補であった。

しかし重仁親王が帝《みかど》となれば、その父である崇徳上皇が院政をおこなうであろう。

鳥羽法皇の近臣は、崇徳上皇に権力をゆずりわたさぬための方策を考えた……。

「帝となられるのは重仁さまではなく、守仁《もりひと》さまではないかと、噂されています」

頼盛を自室へ呼び寄せて、母、池禅尼は険《けわ》しく言った。

頼盛の母、宗子は、忠盛の死後に出家をした。

池殿の池を由来として、池禅尼と呼ばれている。

髪をおろしたとはいえ、平家一門の棟梁《とうりょう》の正妻であったという立場はいまも重い。

「践祚《せんそ》なさるのは、重仁さまではないのですか」

さすがに頼盛は驚いた。

頼盛は、朝廷内の権力闘争が好きではない。なるべくかかわりを持たぬように、用心深くすごしている。

だが自分の実母が、重仁親王の乳母《めのと》をつとめていたのだ。無関係であると言いきるのはむずかしい。

「守仁さまが……？」

その名は皇位継承者から外れているのではなかったか。頼盛は当惑した。

守仁親王は、あの今様《いまよう》好きの雅仁親王の、第一皇子である。鳥羽法皇の后《きさき》、美福門院得子の養子となっていた。

皇位を継ぐ見こみはなかった。僧となるため幼くして仁和寺に入ったはずであった。

崇徳上皇の息子ではなく、どうしても鳥羽法皇の養子を帝にせねばならぬ必要が、朝廷のいずこかにある。

「どのように思いますか、頼盛」

母が尋《たず》ねる。

（――めんどうくさい、と思いまする）

そう正直に答えるわけにもいかぬ。

めんどうくさい――それだけではすまぬ、危うい状況がうまれつつあることを、頼盛も察知した。

崇徳上皇は、憾《うら》みとするであろう。

はたして、どうなるか。

「よろしくない状況にございます」

「ええ、そうですよ。あなたは重仁さまに、ひいては崇徳さまに、お味方するものとみなされるでしょう」

「みなされる……のですか。事実ではなく」

「これからの情勢によります」

ぴしりと池禅尼が答えた。

わが母ながら、おそるべし、と頼盛は感じ入った。

乳母であっても、情に惑わされてはおられぬということであった。

とはいえ、一門の棟梁である清盛のいないところで話すべき内容ではない。

「兄上は鳥羽院と縁深きおかたです。平家一門をどうなさるかは、兄上のお決めになることかと」

「あなたはいつまでも家盛に甘える気持ちが抜けないのだから」

不満げに母が言った。

家盛に？

こめかみに礫《つぶて》があたったような痛みを、頼盛はおぼえる。

「家盛の兄上にではありませぬ。清盛の兄上のご意向をうかがわねばと、わたしは申しております」

「おなじことです」

池禅尼は頑迷《がんめい》に言いはった。

「重荷をよそに覆いかぶせて、もとより一門を率いる気概がないのです。家盛も大殿《おおとの》も、もういないというのに」

「そのような気概はいりませぬ」

頼盛は話をきりあげて、座を辞した。母はまだ頼盛を叱《しか》りつづけているが、無視して池殿の庭へ出た。

蟬《せみ》の声がぬるい空気をかきまぜる日であった。池の水面《みなも》を、じめついた風が撫で、波紋をひろげていく。が、その暑さも、頼盛にとっては薄紙を隔《へだ》てたむこうのものに思えた。

　頼盛は二十三歳になった。――家盛が死んだ歳なのだった。

　兄を越した気には、到底ならぬ。


　数日後の夜、出仕《しゅっし》をすませて池殿に帰宅した頼盛を、門外でひそやかに盛国が待ちうけていた。牛車《ぎっしゃ》をおりた頼盛のすがたを見出すと、足音もなく近づいてきた。

　蒸し暑い夜だった。盛国の額《ひたい》には汗のしずくが浮いていた。

　鬼の盛国、といつも清盛にからかわれる盛国は、その夜も、奥歯を嚙《か》みしめた強面《こわもて》をもって、主君清盛の異母弟に頭をさげた。

「頼盛さま。卒然、申し訳ありませぬ。泉殿にお寄りいただけますでしょうや。清盛さまがお待ちにございます」

「むろん」

　迷わず頼盛は答えた。

「いますぐ行ってよいのか」

「は」

「承知した。宗清、母上には黙っておくがよい」

随行《ずいこう》の宗清に、頼盛は口止めをした。これがただの酒席の誘いだとしても、過剰に勘《かん》ぐり妄想《もうそう》をめぐらすのが自分の母である、という考えがあった。

兄の暮らす泉殿へ、頼盛は盛国とともに歩いた。距離は近い。平家一門の邸宅が居並ぶ六波羅のなかで、斜めにむかいあっている。ほぼ隣同士である。

「義姉上《あねうえ》にもご挨拶をしたいものだが」

「お伝えいたします」

盛国の態度は、終始、硬いものであった。

(やむをえぬ)

頼盛は淡々と歩いた。

(盛国は　政《まつりごと》のわかる男なのだ。鈍感ではない。わたしと兄上の立場のむずかしさを気にかけている)

泉殿の西中門をくぐると、すぐに清盛の正妻である時子が、中門廊《ちゅうもんろう》をやってきて頼盛を迎えた。

「ようこそお越しなされました。お暑かったでしょう。殿は、今宵《こよい》は釣殿《つりどの》でお友達とお酒をたのしまれると。頼盛さまもごいっしょに、お涼みになられませ」

時子は明朗な女性だ。人好きのする笑顔で、はきはきと述べる。頼盛より七歳年上だが、少女のように若々しい。兄は女性の趣味もよい、と頼盛は感じるのだった。

清盛の長男重盛を産んだ妻は早くに亡くなり、時子は後妻である。どちらの女性にも、頼盛の目に快い知性と愛嬌《あいきょう》があった。

「兄上はご友人とおすごしであるのに、わたしが相席をしてもよろしいでしょうか」

呼びつけられた身にもかかわらず、言わずもがなのことを頼盛はつい口にした。気がひけたのだ。

「もちろんにございます」

時子は微笑《ほほえ》んで言った。

「頼盛さまは殿のだいじなおかたです」

「義姉上。荷が重くなりまする」

頼盛は心底から正直に、そんな弱音を吐いた。そう、弱音である。おおきな期待をかけられてはこまる、と思うのである。

「さ、釣殿へ」

にこりと笑《え》んだ時子が、南池の方角へ腕をさしのべて促した。

釣殿は、池のうえに浮く高床である。水面をわたる風が吹きぬける。

「来たか、ヨリ」

到来した頼盛の顔を見て、愉快げに清盛が言った。

「これはまた、迷惑な顔をするものよ」

「迷惑ではありませぬ。おのれの未熟さゆえに、こまっております」

頼盛は渋面《じゅうめん》で申し開きをした。

ふん、と清盛が笑った。

そして対面に座している僧形《そうぎょう》の男を指してみせ、紹介した。

「佐藤義清よ」

「――西行どの」

これは意外な客人であった。頼盛は円座《わろうだ》に膝をつき、西行に一礼をした。

「京《みやこ》においでてでしたとは」

「いま、ヨリがこやつの歌の悪口を言っていたと話していたのだ」

「おやめください、兄上」

頼盛は閉口した。

「お気になさるな。褒《ほ》めていただいたと思うております」

西行は涼しげに言う。懐《ふところ》の深さを感じさせた。

「ヨリよ。こやつが厄介な話を持ってきたので、すこし聞いてくれぬか」

土器《かわらけ》の杯を頼盛の前に押しやりながら、清盛が言った。酒を注《つ》がれ、頼盛は低頭してそれをうけた。清盛の口調は軽く、些少な相談事のように響いた。

「頼盛どの」

整った顔をあげ、じっと西行が頼盛の瞳の奥を見た。

「平家一門の舵《かじ》取りは清盛ひとりの任にあらず、頼盛なくしては平家は動かず――清盛どのが、そう言われるがゆえ、ご足労たまわった次第にある」

「……わたしはそれほどのものでは」

頼盛は当惑した。自分がおらねば平家が動かぬ、とは、まことの話とは思えない。だが兄の弁をくつがえすは、ますます非礼である。やむなく、話を先に進めた。

「いったい、この頼盛になにを」

「まず、践祚について」

西行の返答は、頼盛の意表をついた。

「践祚」

「さよう。身罷《みまか》られた主上《しゅじょう》の後継についてのお話にございます」

西行は丁寧《ていねい》な話しかたをするが、武人としての強靱《きょうじん》さが全身にはみなぎっている。野生の獅子《しし》と対峙《たいじ》するかのような緊張を、頼盛はおぼえた。

「践祚なさるは雅仁親王」

西行が言った。

雅仁親王の名とともに、あの夜の今様の歌声がきれぎれに頼盛の耳朶《じだ》をかすめた。

(ほとけは常にいませども……)

――雅仁親王？

母の聞きつけてきた噂《うわさ》とは、くいちがう。

「守仁さまではなく、雅仁さまが践祚されるのですか」

「やがては守仁さまにご即位いただくため、まず御父の雅仁さまが皇位におつきになる。鳥羽院と、近臣の信西入道《にゆうどう》、関白《かんぱく》藤原忠通どのらが諮《はか》り、そう定まりました」

「世を棄《す》てた西行どのが、なぜそのようなことをご存じなのです」

頼盛は率直な疑問を口にした。

遠慮のない頼盛の切りこみに、西行はやや間を置いた。

「崇徳上皇の思《おぼ》し召しにございます」

「………」

おもわず頼盛は、兄清盛の顔を見やった。

厄介な話だと清盛は言った。

たしかに厄介にもほどがある。

「崇徳さまは歌を愛される。こやつの歌も、崇徳さまにいたく愛される」

清盛が酒をすすり、頼盛に説明した。

「俗世《ぞくせ》は棄てよと、おれもこやつに言ったが、棄てても棄てえぬ心残りなのだ」

「もし雅仁さまと守仁さまが皇位につかれれば、崇徳さまの皇子は即位ののぞみを絶たれますな。それが憂《うれ》いと仰《おお》せになりますか」

頼盛は真剣に問うた。西行がうなずいた。

「さよう」

「平家は武門《ぶもん》の家にございますぞ。なにを求めておられるか……。この京にて、戦《いくさ》をおこされるおつもりか」

頼盛は、おのれが昂《たかぶ》りはじめているのを感じた。

おちつかねば、と思い、口をとざした。

「ヨリは頭がまわるのでな」

薄く笑いを浮かべて清盛が言った。双眼《そうがん》は笑っていなかった。

「そういうことよ。貴族のまねはしているが、われらは武士なのだ。うかつにわれらを飼い慣らせば、戦の火元になる。崇徳さまは、それをご承知か」

「しかし飼われれば戦うが武士の本分であろう。鳥羽院に飼われることを、御辺《ごへん》はやめられるのか」

まっすぐに清盛を見すえて、西行が問いかえした。

「いかに願《ねご》うたとて、戦は消えぬのではないか。清盛よ」

「そうよ。いざ戦となれば、われらは百鬼夜行《ひやっきやぎょう》となって、幾千の骸《むくろ》を踏み、幾千の首を刎《は》ねようぞ。が、おぬしが友であるからこそ、おれはおぬしを百鬼のひとりとは思わぬ」

つきはなした清盛の物言いに、西行は口をつぐみ、溜息をついた。

ちらつく紙燭《しそく》の灯火が、西行の頬《ほお》に濃い翳《かげ》りを落とした。

「そうか。もはや拙僧は、鬼とはなれぬか。そんな友ならば、御辺にはいらぬな」

すっと立ちあがり、そのまま西行は釣殿から立ち去っていった。

頼盛は、ひどくさみしい心地になった。

空《から》になった西行の円座が、巨大な穴のように感じられた。

それはおそらく兄の心地であろう、と頼盛は思った。

「よろしかったのですか」

清盛の顔をうかがって、尋ねた。

「兄上。わたしは先走ってしまったのではありませんか」

「いや。よいのだ。これでよい」

清盛はうなずいた。ぎらと光るまなざしを宙にむけた。

「崇徳上皇の密使とおれがふたりで酒を飲めば、世間に疑いがうまれる。平家が崇徳方にお味方すると思われる。いまは、平家一門が、崇徳さまと鳥羽さまのどちらになびくともわからぬことがたいせつなのだ」

「密使、ですか」

「そうだ」

「味気ない言葉です」

「そうよな」

片方の口の端をつりあげて、残念そうに清盛が言った。


西行の告げたままとなった。

皇太子ではなかった雅仁親王が践祚し、後白河天皇となった。

わが子の皇位をうばわれた崇徳上皇の落胆は大きかった。

いっぽうで、摂関家《せっかんけ》である藤原家にも、火の気が燻《くすぶ》りつづけていた。

藤原忠実の長男忠通が関白、次男頼長が内覧《ないらん》と、いずれも執政者としての立場を得たことは先述のとおりである。

ところが近衛天皇崩御とともに、頼長は内覧の地位を剝奪《はくだつ》されるのである。頼長には、左大臣の地位のみが残った。

そして後白河天皇の即位により、帝の乳父《めのと》をつとめた信西入道が朝廷における立場をつよめた。

頼長は、才気あふれ勉学に努め、日本《ひのもと》第一の大学生《だいがくしよう》（学者）と評されるほどであった。ただ、あまりにも尖鋭《せんえい》的な知者であったがゆえ、強引な政をもってして悪左府《あくさふ》（荒々しい左大臣）と呼ばれた。

信西はといえば、もともとの身分は低かったものの、たぐいまれな学識のみを武器として立身し、朝廷に名を刻んだ人物であった。この似通った両名は、ひとつところに並びたたぬ運命であったろう。

すなわち、信西が朝廷の実権をにぎるためには、頼長はどうしても邪魔であった。

頼長の背景には父忠実と鳥羽法皇の庇護《ひご》があったが、翌年、鳥羽法皇は病にたおれた。徐々に頼長は人望をうしない、追いつめられていった。

保元《ほうげん》元年（一一五六）七月、ついに鳥羽法皇は崩御した。

そこに胡乱《うろん》な動きがある。

世を去る以前に鳥羽法皇は近臣に命じ、平清盛のほか、源為義《ためよし》ら、名だたる北面《ほくめん》の武士どもに誓文《せいもん》をさしださせた。そうして京の警護をゆだねたのである。

法皇のいる鳥羽殿と、後白河天皇の在所であった高松殿《たかまつどの》を、おのおの武士どもが護《まも》りかためた。

鳥羽法皇は、おのれの死後になにがおこるか、予測していたのであろうか。

法皇の死せる七月二日、鳥羽殿の警護には、清盛も参じていた。

鳥羽殿は、京のはずれ、内裏《だいり》よりまっすぐ南へ朱雀大路《すざくおおじ》をわたったさきに造営された離宮である。

法皇の御所である安楽寿院《あんらくじゆいん》ちかくにて、ひとさわぎがあった。

「なぜわしを通さぬ」

憤怒《ふんぬ》の声を発したのは、ほかでもない崇徳上皇であった。

「院がご危篤《きとく》としらせあらばこそ、わしが来たのである。なぜ、妨《さまた》げる」

「ご遺言にございます」

鉄の仮面をかぶったかのようにこころを動かさず、答えたは清盛だった。

「遺言」

崇徳上皇は、一瞬、ぽかんとした。

上皇は、鳥羽院の死に目を看《み》取《と》るためにここへ赴《おもむ》いたのだった。

しかし、すでにそれは手《て》後《おく》れであった。

さらに鳥羽院の意向を、清盛は伝えねばならなかった。

「おゆるしくださいませ。身罷られたのちには、顔容《かんばせ》を崇徳さまにお見せしてはならぬ、とのご遺言、賜《たまわ》りましてございます」

「――なにを」

唖然《あぜん》とした崇徳上皇が、立ちつくした。

「なにを申すか、清盛。――おぬしも、わしを叔父子《おじご》であると申すか。父の臨終に、子が会《お》うてなにがわるいか」

「どうか、ご自《じ》重《ちょう》を」

いかめしい鎧《よろい》具足をまとった恰好《かっこう》で、清盛は頭《こうべ》を垂れた。

「忘恩《ぼうおん》の徒《と》となるか。清盛よ。わが子重仁の元服を祝った忠盛のこころ、踏みにじるか。そなたもやはり、忠盛の子ではないと申すか。なんと滑稽《こっけい》なことであろうか」

上皇の言葉には悲痛な涙がにじんでいた。

瞑目《めいもく》し、清盛は頭をさげつづけた。

「お聞き入れくださいませ」

「……せめて御簾《みす》ごしに」

歯をきしませるように崇徳上皇が言った。

それは清盛ひとりで判断しうるものではなかった。

法皇側近の藤原惟方《これかた》があとをひきとり、御簾ごしの対面へと上皇をいざなった。

(忠盛の子ではない、と……いつまでも、いつまでも、仰せになるか)

清盛の背後にあって、盛国は思った。

帝が亡くなり、御代《みよ》が移っても、その指弾《しだん》がいつまでも清盛を追いかけてくる。盛国は不服であった。

崇徳上皇の嘆《なげ》きは、すばやい噂となって朝廷の裏をかけめぐった。

白河院の子である平清盛が、白河院の子である崇徳上皇を追いはらったのだと――。

「世には、稀《まれ》なこともある」

後白河天皇の、それはじつに愉快げな弁であった。

鳥羽法皇崩御の直後より、状況は急激に緊張していった。

崩御からわずか三日後の七月五日、頼盛は兄の屋敷を訪れた。その必要があると頼盛は感じたし、清盛からも使いが来たのだった。

義姉の時子は、そのころ六波羅を離れ、西八条にある別邸へと移っていた。それはなにげない変化のようであったが、目前に迫った騒擾《そうじょう》への備《そな》えともいえた。

時子のあかるい笑みと会えず、頼盛はさみしさを感じた。自分の母が時子のようにおおらかな女性《にょしょう》であったならと思う。実の母親とはぶつかってばかりだ。

盛国があいかわらずの仏頂面《ぶっちょうづら》で、頼盛を迎えた。母屋《もや》の奥へと案内した。

「来たな、ヨリよ。まあ飲め」

その晩も清盛は、涼しい顔で酒を飲んでいた。

頼盛はといえば、暑いのか寒いのか、よくわからない心持ちだった。夏のさなかであるのに、薄氷《はくひょう》を踏むようでもあった。

「かの過激な噂、兄上もお聞きおよびでしょうか」

「むろんよ」

清盛がうなずいた。

法皇崩御を契機として、崇徳上皇と左大臣藤原頼長が同盟し、戦をおこそうとしている――と。

そのような風聞《ふうぶん》がどこからともなくあらわれた。

そして実際に、後白河天皇は、上皇および頼長とその父忠実に与《くみ》する武士を、京中にいれることを禁じた。

「戦になるやもしれぬな」

清盛が言った。

杯を手にする気にもならず、頼盛は眉をひそめた。

「どなたのご意向、ですか」

「さて、火をつけて風を送っているのはだれか、といえば、おれにも確たる答えはない。おそらく、ひとりの思惑ではないのだ、こういうものはな」

「いかに立ちまわるが、一門のためとなりましょうか」

「おれも考えている。平家一門が割れることだけは避けねばならん」

遠くを見やって清盛がつぶやいた。

（割れる）

頼盛は名状しがたい、いやな気持ちになった。

すでにふたりは割れている。

清盛は、鳥羽院の忠臣であり、その正しき後継者となった後白河天皇の配下にある。

頼盛は、崇徳上皇の皇子の乳母子《めのとご》である。まことに戦がおこれば、崇徳方よりの召致《しようち》をうけとるであろう。

このままでは、兄弟が左右にわかれて戦うこととなる。

「ヨリよ。これまでは、戦といえば、地方豪族の乱の平定であり、海賊の制圧であり、あるいは洛外《らくがい》の僧兵との衝突であった」

頼盛に聞かせると同時におのれ自身にも語りかけるように、清盛が言った。

「内裏の近くを戦場《いくさば》とする事態など、あってはならんことよ。だが、やつらは、すでに武士という便利な道具を知っているのだ。使わずにすませられようか」

「それは、われらにとって、よきことなのですか」

頼盛が問うと、清盛はさらに深く思慮に沈んだ。

「わからぬ。まだ、わからぬ。肝要《かんよう》なのは、魔物に足をすくわれぬことだ。魔物は、どこにでも顔を出す」

二

頼盛には、いまひとつの気がかりがあった。

叔父の平忠正《ただまさ》である。

父忠盛の弟にあたる忠正は、忠盛とおなじく白河法皇と鳥羽上皇に仕《つか》えたが、あるとき鳥羽院の不興《ふきょう》をかって絶縁された。以来、忠盛の一党とは縁遠くなった。

その後、藤原頼長の家人《けにん》となっている。――かの悪左府、頼長のそばにいるのだ。

平家一門が割れることを清盛は憂えるが、すでに距離のひらいている叔父をすくいあげることはあきらめているだろう。頼盛自身、ほとんど顔をあわせる機会のない叔父に思いいれはない。

とはいえ、平家は平家である。

外から見れば、おなじものとうつる。

それでよいのか。

（まだ、わからぬ）

事態のゆくすえは見通せず、ひりひりと京の空気だけが痺《しび》れていくようであった。

七月八日、摂関家の代々の本邸であり藤原頼長が所有する東三条殿《ひがしさんじようどの》へ、後白河天皇の勅命《ちよくめい》によって源義朝らが押し入り、屋敷を没収した。――武士の力にまかせて、頼長の私財を奪いとったのである。

勅命ではあるがここには、頼長と家督《かとく》を争った藤原忠通と、頼長を排斥《はいせき》せんとする信西の、それぞれの意図があるだろう。

翌七月九日、夜半。

ふいに崇徳上皇が動いた。鳥羽殿田中殿《たなかどの》から脱出し、洛東《らくとう》の白河北殿《しらかわきたどの》へと移った。たいそう突発的なおこないであり、周囲のものも崇徳上皇の御心《みこころ》をはかりかねるほどであった。

みずから動かねば、後白河天皇方に滅《ほろ》ぼされるばかりであると、上皇は考えたのであろうか。

白河北殿は、鳥羽殿よりも内裏に近い。そして六波羅にも近いのだった。

崇徳上皇は、いまだ平清盛に期待をかけていたのかもしれない。平忠盛の子、清盛が、重仁親王の乳父であった父を軽んじることはあるまいと。

七月十日、藤原頼長が白河北殿に入った。

不遇をかこつもの同士が、追いつめられ、手を組んだかたちであった。

白河北殿に推参《すいさん》したのは、上皇に仕える平家弘《いえひろ》たちや、摂関家に仕える平忠正、源頼憲《よりのり》、源為義とその子らである。

源為義は、源義朝の実の父であるが、義朝は後白河天皇方についている。もとより親しい父子ではなかった。

為義は戦略的な不利を指摘し、宇治までの撤退を進言したが、頼長は聞き入れなかった。頼長の狙いは、示威《じい》行為としての軍兵揃《ぐんぴょう》えであった。策士である頼長も、現実に戦に至るとまでは考えていなかったようである。

六波羅の平清盛へと使者が立てられた。

――疾《と》く合流あるべし、と。


七月十日の夜。

六波羅泉殿の庭に、清盛は腕組みをして立つ。

そのまなざしは漆黒《しっこく》の泉にむく。

太陽は沈んだが、大気は真夏の熱に満ちている。

庇《ひさし》に置かれた紙燭のまわりを、羽虫の影がちらちらと飛んでいる。

京は異様なまでに静まりかえっている。

「崇徳さまにはなんの落ち度もあるまい」

清盛と並び、おなじく重苦しい水面を見すえながら、西行が言った。

西行とて、容易に話が通るとは思っていないだろう。

よほどの覚悟を抱き、またここへやってきたはずだった。

「たのむ。お救いしたいのだ」

「おぬしの気持ちはわからぬ。おれはおぬしではないからな。おぬしの歌を愛されるのは崇徳さまだけではない。なぜ、そうまでしてこだわる」

「拙僧に——わたしに、ひとを恋うるこころがあるからだ」

生き血を吐き出すように、西行が答えた。

ふと、そこに現出した架空の血だまりを、清盛の瞳が観察した。

西行の内面から生皮が剝ぎとられ、血みどろの真実が露《あら》わになろうとも、凄惨《せいさん》な匂いに巻きこまれぬための冷徹な観察眼だった。

「崇徳さまの御母上のことか」

清盛はつぶやいた。西行は無言だった。沈黙はすなわち肯定であった。

白河法皇の子といわれた、崇徳上皇。

母君は、鳥羽法皇の皇后であった待賢門院璋子。久安元年（一一四五）、すでに世を去った。

天よりも高いところにいる。

ゆえに西行の恋は終わらぬ。

この女性は崇徳上皇の母君であると同時に、後白河天皇の母君でもあるのだった。

皇子ふたりが相争う世となれば、深く悲しんだであろう。

「恋か。おれにはわからぬ。おれには、業《ごう》のかたちしか見えぬ」

「ならば、業と思うてよい」

「じつは、おれにも、崇徳さまをお救いしなければ……という気分はある。それは、そうすることによって、おれが父上の子であると証明できるように思えてしまうからだ。この意味がわかるか。おれはただ、『忠盛の子ではない』と、ふたたび崇徳さまに言われたくないのだ。しかし、これはおれひとりの業よ。平家一門の業ではない」

「では御辺の業は、一門の犠牲となるのか」

痛切に西行が言った。

「犠牲か。……そうか。そういう言いかたもあるやもしれんな。だが、それでもかまわぬ」

　こころのこもらぬ声で清盛が応じた。

　ふたりのやりとりは、そこまでだった。

「盛国よ」

　暗がりに控えている盛国を、清盛が呼んだ。

「急ぎ、池殿へ参る。天下の一大事、母御前《ははごぜ》とご相談せねばなるまい」

「は」

　すばやく盛国が首肯《しゅこう》した。

　盛国は、ことと次第によってはおのれが西行を斬るであろう、とも想定していた。その局面は避けられたようだった。しかし池殿へ赴かねばならぬのは不満であった。清盛の思いのままに、ふるまってはならぬのか。

（――一門の犠牲）

　西行の言葉が、盛国の胸に棘《とげ》となって刺さったままだった。

「京はざわめくぞ。もう白河北殿へは近づかぬがよい」

　西行にむけて、清盛が言った。

　答えず、黒い水のふちに、西行は黙然と立っていた。

返事を待つことなく、清盛が歩きだしていった。盛国はその背を追った。

池禅尼は毅然《きぜん》とした面持《おもも》ちで、平家棟梁清盛を、池殿の母屋へ迎えた。

その場には、あえて頼盛を同席させなかった。

「酒肴《しゅこう》が必要でしょうや？」

尋ねた池禅尼に、清盛はひらと掌《てのひら》を振った。

「時間がありませぬ。今夜中には出陣となりましょう」

散歩にでも出るような気軽さで、そう応じた。さらりと円座に腰を据えた。

「やはり、そうなのですね」

「基盛《もともり》はすでに主上のお手元にありまする。戦の匂いは伝わってまいります」

清盛の次男、平基盛はこのとき十八歳。検非違使《けびいし》として後白河天皇方に参じている。

「さきほど頼盛には、忠正さまの手のものを通じ、崇徳上皇さまにお味方するべしとの一報がありました。このこと、頼盛にしらせてはおりませぬ」

「ほう。教えてやらねば怒るのではありませぬか」

「頼盛はわたしの言うことは聞きません。平家の総大将であるあなたさまからのお話でなければ」

「はは。こまりましたな。ヨリを言い負かすのは、大仕事にございますぞ」

濁《にご》りのない笑顔をこしらえて、清盛が答えた。

その笑顔のまま、池禅尼に尋ねた。

「母上。この局面、わが父忠盛であれば、どうしたでしょうな」

「あなたさまは立派な平家の子。棟梁の択《と》るべき道は、母の言葉を挟むまでもなく、ご承知のはず」

「なれど清盛は、母上の、忌憚《きたん》なき御心を知りとうございます」

清盛は食いさがった。

池禅尼は、くちびるを一度ひきむすんだ。

我のつよい女性ではあるが、この答えを口にするには、やはりひとかたならぬ重力をはねのけねばならぬ。

「――頼盛は、殺させてはなりませぬ。わが子を二度も、むざと殺されるわけには」

それが池禅尼の結論であった。

乳母子の縁も、叔父忠正も、このとき切り捨てられた。

「さようでござろうと思っておりました」

噛みしめるように清盛は言った。

崇徳上皇を捨てるほかないのだった。

「では」

すみやかに清盛は座を立った。

「盛国はおるな」

背後に尋ねる。

「は」

几帳《きちよう》のかげで盛国は応じた。清盛が命じた。

「みなに告げよ。兵を動かすぞ。ゆくさきは高松殿である」

「承知にございます」

盛国は内心、口惜《くちお》しかった。

――池禅尼は清盛を重んじていない。一家一門のゆくすえを、いまだに頼盛のほうに賭けているのだ。

そう思えてならなかった。

＊　＊　＊

その夜。

後白河天皇は、側近の信西、関白藤原忠通らをともない、里内裏《さとだいり》、高松殿にあった。

里内裏とは、平安京内裏の外に置かれた帝の在所のことである。

高松殿は、内裏の東南、二条大路と三条大路のあいだに位置する。

いま、高松殿の周囲にはさまざまな鎧武者《むしゃ》のすがたがひしめいている。

いちはやく兵を揃えたのは源義朝であった。

義朝の父も弟たちも崇徳方に与《くみ》したなか、義朝はぎらついた双眼を夜気にさらしている。

これは義朝の運命をかけた戦である。

勝てば、京における義朝の勢力は、めざましく躍進するであろう。

しかし敗れれば、源氏棟梁の座からはひきずりおろされ、恥辱《ちじょく》の死に見舞われよう。

「清盛はまだか」

義朝は独白した。

地面を蹴りつけ、幾度もくりかえした。

「清盛はまだか！」

平家一門の兵は、高松殿へ到着していなかった。

あるいは白河北殿へむかったのでは、と、その場の多くのものが疑いもした。

高松殿にあつまっているのは、源義康《よしやす》、源頼政《よりまさ》、源重成《しげなり》、源季実《すえざね》……。

いずれも武士として有力なものたちだが、平家一門を敵にまわすとすればこころもとない数であった。

義朝は清盛を好きではない。疎《うと》んじている。それでもこの状況に、平家の兵はかならず必要なのだった。

やがて、雲霞《うんか》のごとき騎馬武者の一団が、高松殿に来着した。

平清盛の軍勢である。

弟の経盛、頼盛、嫡男《ちやくなん》重盛らをひきつれ、燦然《さんぜん》たる戦装束をまとった兵を率いて、清盛は高松殿に参上した。

「あまりに遅かろうぞ。怖《お》じけたか！」

憤然と、義朝が言った。

馬上でそれを聞き、清盛は悠々《ゆうゆう》と笑んだ。

「いかにも、わが兵は臆病《おくびょう》揃いにて、あいすまぬことである」

「ふん」

こころのこもらぬ詫《わ》びに、義朝は唾棄《だき》をする。

かまわず清盛は馬からおりて、高松殿の庭に入った。信西入道が、わざわざ庭まで出てきて平家の一団を迎えた。

信西は貧相な男である。背が低く、目つきがわるい。斜め下から清盛の顔をのぞきこみ、片頬をひきつらせる笑いかたをした。

「よくぞ来られた。これで勝敗は決したも同然にある」

「安芸守清盛、参りましてにございます。遅参《ちさん》をお詫び申しあげまする」

そつなく清盛は答える。

意味ありげな口ぶりで、信西が言い加えた。

「常陸介頼盛どのまでも、こちらに参じてもらえたとは、ありがたい」

清盛の背後で、頼盛はまばたきをした。自分に言及されるとは予測していなかったのである。

（なるほど。軽蔑《けいべつ》されているのか……乳母子の忠義を欠いたと）

とっさに頼盛はそう判断し、頭《こうべ》をさげるにとどめた。

「ははは。平家一門は一枚岩にございますぞ」

清盛が笑顔で答えた。

「たのもしいことである」

信西はふたたび頬をひきつらせた。

「安芸守よ、朝餉《あさがれい》の間へ参れ。主上の御前にて、軍議といたす」

「承知に候《そうろう》」

清盛が首肯した。信西は、せかせかと高松殿のなかへ戻ってゆく。

「さすがに、目端《めはし》の利《き》くおかたよ。信西どのは」

頼盛のことを見やって、清盛は飄々《ひょうひょう》と言った。

同意してよいのか、と頼盛は迷った。

「……庇《かば》っていただき、申し訳ありませぬ」

「なにを言う」

ふ、と清盛は笑った。

清盛が軍兵を動かすならば、自分も従うのが当然であると頼盛は感じた。ゆえに、高松殿へやってきたのだ。——母と兄のあいだの論議を、頼盛は知らない。頼盛の選択に母が口出しをしなかったことを、多少いぶかしくは思ったが、その程度であった。

（後白河天皇方が布陣において圧倒的優勢であれば、崇徳上皇方は戦うまでもなく敗北を認めるのではないか）

望ましい結末は、崇徳方が戦わずして武装をとくことである。

（崇徳上皇の願いである重仁親王への皇位継承は不可能となるが、それでも後白河天皇へ恭順《きょうじゅん》の意を示されるなら、上皇という尊き身分にあるおかたに対して非礼な処遇はなされまい）

それが、このときの頼盛の考えであった。

だが頼盛には、まだ見えていない材料があった。

材料のひとつは、源義朝の情熱である。

義朝には戦功が必要であった。

そのためには、なんとしても戦は始まらねばならぬのだった。

軍議の場に呼ばれた武士は、源義朝、平清盛の両名であった。

御簾の奥に、後白河天皇。

そばに控えるは、関白藤原忠通。

末席には信西入道。

清盛は紺の水干《すいかん》、小袴《こばかま》。

義朝は赤地錦の水干、小袴。

「夜討ちをいたすべし」

義朝は熱弁をふるった。即時開戦を訴えた。

「敵陣はいまは手薄なれど、左大臣どのの権威をもって南都《なんと》（奈良《なら》）の僧兵を召されて候。かの悪辣《あくらつ》なる僧兵どもが加勢してより後では、乱戦になるはあきらか。また、わが弟、鎮西八郎為朝《ちんぜいはちろうためとも》は、父為義とともに敵方にまわっておりまするが、こやつの弓勢《ゆんぜい》は尋常《じんじょう》なものにあらず。敵陣に態勢をととのえる時間を与えず、すみやかに攻め入るが得策。ここにある安芸守どのには御所をお守りいただき、この義朝が一の矢となりましょうぞ」

雄々《おお》しい声音《こわね》を駆りたて、義朝はそう献策した。

一方、清盛は黙《もく》して情勢を見守った。

義朝が訴えるのは、事態の一面にすぎぬ。

こうして武士をよりあつめ、にらみあっていつつも、おそらく摂関家の藤原忠通と藤原頼長は、水面下において政治的交渉をおこなっているのだ。

「夜討ちとは、野蛮な。帝の兵が、卑劣《ひれつ》な策をおこなうは、いかがか」

忠通が、鼻白《はなじろ》んだ。本心はどうあれ、そういう態度を見せた。忠通は、戦をやりたがってはいない。頼長を屈服させられればよいのだ。

しかし、御簾の内にいるのは、後白河天皇――のちに「日本一の大天狗《おおてんぐ》」と呼ばれる、稀代《きたい》の才覚を持つ人物であった。

いかなる才覚か。

――戦をひきよせる才である。

「忠通よ。夜討ち、よいではないか」

含み笑いとともに、後白河天皇が言った。

忠通の顔色が変わった。

「信西よ。そなたはどうか」

後白河天皇が信西に尋ねた。信西は禿頭《とくとう》をさげて、大きくうなずいた。

「主上のおおせのままに」

「清盛よ」

愉快そうに、後白河天皇が呼んだ。

「そなたの考えはどうか」

「われら武門のものは、戦となれば、いかようにでも動くもの」

清盛は温度の低い答えかたをした。

夜討ちの進言を容《い》れられた義朝が得意げであることには、静かな怒りがあった。

義朝が帝を動かしたのではない。義朝の勢いを、いいように、帝と信西に利用されたのだ。

世を決する岐路に武士を用いることの意味を、帝はまことに知っているであろうか。覚悟がおありか。

さりとて義朝ひとりに戦功は渡せぬ。

武家一門の棟梁として、義朝の言うとおりに、御所の護衛役で終わるわけにはいかぬ。

「この清盛、戦にのぞむは本懐《ほんかい》にございます。わが一門あげて、疾く白河北殿へとおしよせまする」

「よかろう」

後白河天皇は満足をした。

わが意を得たりと、信西が立ちあがった。藤原忠通の狼狽には、目をむけもしなかった。気ぜわしく、清盛と義朝に命じた。

「決まったな。夜討ちじゃ。夜討ちといたす。すぐさま支度《したく》にかかれ。賊軍を討伐せよ」

清盛らは戦支度を整え、軍兵をそれぞれに配置した。

後白河天皇は、この間に御所を高松殿から、隣の東三条殿へ移している。高松殿が手狭であったためかと思われる。御所のまわりを護衛の兵が固めた。

日付が変わり七月十一日、未明。

清盛の兵が三百余騎、二条大路方より白河北殿へ出立《しゅったつ》した。

義朝の兵が二百余騎、大炊御門大路《おおいみかどおおじ》より。

源義康の兵が百余騎、近衛《このえ》大路より。

三方から白河北殿を包囲し、崇徳上皇方に降伏をうながした。

返答は得られなかった。

そうであろうな、と清盛は思う。

崇徳上皇には、なにひとつ報《むく》われない自身の人生が、認めがたいのだ。

――そなたもやはり、忠盛の子ではないと申すか。なんと滑稽なことであろうか。

あのときの崇徳上皇の嘆きが、いまも清盛の胸中に、搔《か》き消えず燃え残っている。

三

きり、きり、きり、と弓弦《ゆづる》がひきしぼられた。

源為義の八男、鎮西八郎為朝の弓である。

八尺五寸（約二百五十八センチ）、巨大な五人張りの弓であった。

矢は竹を材として、なかに鉄棒を通したもの。

鏃《やじり》は鑿《のみ》のように尖《とが》らせた打物《うちもの》である。氷のように研《と》ぎ磨《みが》き、刃元に油をさしてあった。あらゆるものを突きとおす、おそるべき矢であった。

為朝は背丈《せたけ》七尺（約二百十二センチ）の巨漢にして、名高き強弓《つよゆみ》の使い手である。

藍《あい》色の直垂《ひたたれ》に獅子を縫《ぬ》いつけ、黒き唐綾《からあや》を縅《おど》した大荒目《おおあらめ》、獅子の裾金物《すそかなもの》、白覆輪《しろぶくりん》の鎧を纏《まと》っている。黒漆の太刀は三尺八寸（約百十五センチ）。すべて常識はずれの大きさだが、為朝には軽やかなものであった。

ざわめく人馬のうごきが、白河北殿へと迫っていた。

為朝が護るは、大炊御門の西門だった。

「この門をかためたるは、源氏か、平氏か」

門前まで攻め寄せた一軍の将が、声高《こわだか》に問うた。

「こう申すは、安芸守平清盛である。宣旨《せんじ》をうけたまわりて、こちらへ参った」

「鎮西八郎為朝がかためてに候ぞ」

為朝も声高に返した。

――門のこちらでは、清盛が、わずかに苦笑いをした。

「わるい籤《くじ》をひいたものよ」

「べつの門へ移りましょうぞ」

盛国が声を落として清盛へ言った。

「なにを言うか、盛国よ。鎮西八郎、おそるるに足らず。今宵の先陣をつかまつる」

清盛の郎党《ろうとう》のうちでも血の気にあふれた伊藤武者景綱《むしゃかげつな》とその子息ら、伊藤忠清と伊藤忠直《ただなお》が、三十騎ほどをひきいて門へとむかった。

「されば、軍神《いくさがみ》に奉《まつ》るまでのことである」

為朝はそう吐き捨て、ひきしぼった大弓を、びょうと放った。

伊藤忠直の鎧の隙間を、轟《ごう》、と猛《たけ》き矢が射ぬいた。

矢は忠直の胴を貫通したばかりか、並び立つ忠清の鎧の袖までも巻き添えにした。

「なんと！」

景綱が悲嘆の声をあげた。

忠直が落馬する。絶命はあきらかであった。とっさに忠清が馬をおりたち、敵にとらすまいとして弟の首級《くび》をねじ斬った。

「ただならぬ弓勢《ゆんぜい》にございます」

景綱が清盛に告げた。

清盛は自分の顎《あご》をこすり、思案した。

「鎮西八郎がいかに強き射手であれ、数はひとりよ。四方八方にいるわけではない。一部の兵でやつを引きつけ、他のものはべつの門へまわれ」

「お待ちくだされ。敵が強いからといって退《しりぞ》くなど、武人《もののふ》の恥にございます」

するどく反駁《はんばく》したのは、嫡男重盛であった。

赤地の錦の直垂、逆面高《さかおもだか》の鎧に蝶の裾金物をほどこす。白星の兜《かぶと》。紅の母衣《ほろ》をなびかせ、鴾毛《つきげ》の馬に沃懸地《いかけじ》の黄覆輪の鞍を載せる。堂々たる御曹司《おんぞうし》の戦装束である。

一歩前へと馬を進ませ、ひときわ声を高めた。

「桓武天皇十二代の後胤《こういん》、平将軍貞盛《さだもり》が末孫《まっそん》、刑部卿忠盛が孫、安芸守清盛が嫡子、中務少輔《なかつかさのしょう》重盛、生年十九歳、今日が初陣にある。鎮西八郎よ、相手をせよ」

「やめぬか。重盛を止めよ」

清盛が怒鳴り、幾人もの郎党が重盛にしがみついて引き戻した。

「戦の総体を見なくてはならぬ」

清盛が険しく言った。

そのとおりだ、と清盛の背後にて頼盛も思った。

(われらの真の敵は、鎮西八郎為朝であろうか。ちがうのではないか)

ただし、ここにあるのは清盛の独特な叡智《えいち》である。

大多数の武士は、重盛の美意識のほうに共感するであろう。

清盛とは、ひとに理解されぬ智将なのだった。

この清盛に共感しうる頼盛も、また時代の異端児であった。

勇猛な気性をほこる郎党の山田惟行《やまだのこれゆき》が、清盛に近づいた。

「鎮西八郎の相手は、わたくし惟行にお任せくださりませ。その間に、御大将は他の門へと」

「よし。惟行よ、名を忘れまいぞ」

清盛がうなずいた。

「みな、よいか。賢く、手薄なところより攻めかかれ」

白河北殿を包囲した軍勢は、数のうえでは敵を圧倒していた。だが門のうちにとじこもって抗戦する崇徳上皇方の意気は荒々しく、容易に敗れる気配は見えなかった。戦局は膠着《こうちゃく》した。後白河天皇方は、御所を守護していた源頼政、源重成、平信兼《のぶかね》らの兵をも、さらに白河北殿へ赴かせた。

敵陣のただなかに崇徳上皇がおわすという事態が、この戦を複雑なものとしていた。武士同士の小競りあいとはわけがちがう。上皇の御身に矢を射かけることはできぬ。おのずと手控えながらの戦を強《し》いられる。

（暑い）

馬を駆り、敵のすがたを探しながら、頼盛は思った。

大炊御門の東門であった。

（暑くてたまらぬ）

夏の夜に滞留する大量の熱気が、陽炎《かげろう》のようにゆれている。

思考の一部分だけが冴えている。

鎧兜の重みに気をとられる。

「――わああ！」

頼盛の意識のどこかに、不快な声が割り入った。見返れば、数人の兵が徒歩《かち》で襲いかかってくる。身体になじんだままに頼盛は弓弦をひきしぼり、放つ。中央の兵の眉間《みけん》に、深々と矢が突きたつ。

（ああ……そうであった）

わたしの弓箭《ゆみや》の腕は役に立つのだ、と頼盛は思った。

武芸は、人殺しの役に立つ。

「頼盛さま！」

宗清が敵との間に入り、さらに幾人かを弓で仕留めた。

「おひとりで前へ出てはなりませぬ！」

「すまぬ」

母、池禅尼の厳命をうけた家人たちが、頼盛をとりまき、楯となった。

ありがたいが窮屈《きゆうくつ》だ。

（暑苦しい）

汗みどろ、血みどろの景色に、頼盛は囲繞《いによう》され、ぬけだせぬ。

（悲しみが夜気を粘《ねば》つかせてしまうのだ……）
ふと頼盛はそう感じた。
（この戦をうみだした、ご不幸な、上皇さまの悲しみが……）
あやしき鬼火のようにたちのぼる怨念が、敵味方の軍兵の狭間《はざま》をうめつくす。
矢を放っても、大気がぬるい水になったようで、はっきりとした手応えがない。
ひとと戦っているのか。
想念と戦っているのか。
からまりつく深甚《しんじん》な悲しみが……戦を、混沌《こんとん》のうちにのみこんでゆく。
「は、は、は！」
どこからか哄笑《こうしょう》が響いた。
後白河天皇の笑いであろうか？

　ほとけは常にいませども
　現《うつつ》ならぬぞあはれなる
　人の音せぬ暁《あかつき》に
　ほのかに夢に見えたまふ

だれかが歌う。

愉快げに歌っている。

笑っているのはだれだ。

「は、は、は！」

（妖異、幻鬼どもが、ひとの戦を見物し、笑っている……）

強弓の矢の見事にあたるさま、太刀のかるがるとひらめくさまを、囃《はや》しては楽しんでいる。

（そうか。われらの武芸は、おもしろいか……）

頼盛はひどい疲労感とともに、馬の足を止めた。

世は醜《みにく》い、と兄は言って死んだ。

（ひとを殺す道具は、うつくしいか……）

東の空が白み、闇が追いやられる刻限だった。

薄青い黎明《れいめい》のあかるみのなか、はっと気づけば、目前に騎馬の影が近づいていた。

頼盛は弓を持ちあげたが、相手の顔に奇妙な既視感をおぼえた。――藤原頼長配下の兵、叔父の平忠正であった。

「叔父上。多勢に無勢にございます。お遁《に》げくだされ」

反射的に口をついて出たのは、そんな言葉だった。それは頼盛の増長であったかもしれない。数の不利に怖じける男であれば、忠正はここにはいなかっただろう。

「武士のくせに、忠盛の子のくせに、なにを言うか！」

落雷のごとく忠正が吼《ほ》えた。

「頼盛よ、皇子さまの乳母子である貴公には使いをやったではないか。なぜわれらの陣に参らなんだか。不忠者の日和見《ひよりみ》め」

「使い」

頼盛は口中で反復した。

崇徳上皇方からの召集を母が握りつぶしたことを、頼盛は知らないのだった。ようやく、いまになって裏側の事情を察しはした。そしてたとえ不忠者と謗《そし》られても、やはり兄と兵を分かつことはしなかったであろうと考えた。

「清盛に誑《たぶら》かされたか。口惜しや、家盛さえ生きておれば！」

忠正が言った。

頼盛は、瞬間、はげしい頭痛をおぼえた。まただ。また家盛の名が、無情な礫となって投げつけられてくる。

「清盛の兄上には一分の咎《とが》もありますまい。家盛の兄上とて、わたしとおなじことをしたはず……！」

考えずとも肉体は動く。日々の鍛錬《たんれん》がそうさせる。おのれの腕ががらりと弓をかまえ、新たな矢をつがえたことを、頼盛はほとんど認識しなかった。

――は、は、は！

なにものかが笑っている。

戦の当事者ではなく、観察者が。

「おまえも殺すのか。なあ、頼盛」

さみしげな声が聞こえた。

はっと頼盛はまなざしを落とした。

裸足《はだし》で地に立っているのは、仮面の童子だった。

「頼盛よう。そのうつくしき武芸で、たくさん、殺すのか」

い、いい、あきつ。

（そうではない、わたしは……）

気づいたときには、矢は頼盛の弓を離れていた。一瞬の迷いが作用し、忠正にはあたらなかった。矢は、忠正の家人の喉首《のどくび》をするどく貫いた。

「頼盛を射よ、首級をとれ！」

忠正が号令した。

「頼盛さまをお護りせよ！」

宗清が咆哮《ほうこう》した。

忠正の家人と、頼盛の家人が、いずれも平家の郎党でありながら、主君を庇い、ぐちゃぐちゃと揉みあいになった。

「常陸介頼盛どの、加勢いたす」

頼盛の背後から、いかめしい声音が届いた。

すぐれた武芸で知られる源兵庫頭《ひょうごのかみ》頼政が、郎党を百人ばかりひきつれて戦に参入したのだった。

「常陸介どのは退《さ》がられよ。安芸守どのの陣へ」

「かたじけない」

頼盛は会釈《えしゃく》をかえし、頼政がひらいてくれた撤退路を進んだ。こんな混戦状態ではどちらも消耗するばかりで勝てまい。

東門からやや離れたところに、清盛の在所を示す旗があった。

「なぜ前線に深入りしたか！」

陣に合流した頼盛の顔を認めるなり、清盛が叱責《しっせき》した。

頼盛は、意表をつかれた。

「――兵庫頭頼政どのの兵をお送りくださったのは、兄上ですか」

偶然の僥倖《ぎょうこう》だと、頼盛は思っていた。

たしかに、戦に偶然を期待するのは、まちがいであろう。

しかし過剰に甘やかされたくはない、という気分も、胸底にあるのだった。

「おれは、おぬしを死なせてはならぬのだ」

直接には答えず、清盛はそれだけ言った。

頼盛は、不本意さによって喉の奥が重くなるのを感じた。

「わたしとて武門の男！　平忠盛の子にござります」

「そんなことは知っている！　拾われ子のおれにむかって、忠盛の子と声高に言わなくともな！」

清盛の口吻《こうふん》が常よりも荒々しかったのは、ここが戦場であるからだ。

大きな後悔が、頼盛の肩をつつんだ。

「……わたしは、そのようなつもりでは」

口ごもる頼盛を、無言のまま、怒りをこめて盛国が睨んでいた。

白河北殿を舞台とする戦闘は、二時《ふたとき》（四時間）ほどに及んだ。終着のみえぬ戦に、後白河天皇方は焦《じ》れた。

ここで源義朝が、あらたな献策をした。

火攻めである。

むろん後白河天皇も信西も、崇徳上皇の御身に火をかける考えはなかった。だが、上皇と左府頼長を白河北殿の外へ追いだしたいという思惑はあった。そうなれば勝敗は決するからである。信西は、あえて東門の囲みを手薄にし、そこから上皇らが逃《のが》れおちるようにと計らった。

白河北殿の西より、さかんな火焔《かえん》が、夜明けの空めがけてたちのぼった。

「火攻めだと」

清盛は愕然《がくぜん》とした。

みずから馬を駆り、西門に展開した義朝の陣まで馳《は》せた。義朝にむけて、大音声《だいおんじょう》を放った。

「なんという悪手か。ここは坂東《ばんどう》の野《や》ではない。京なのだぞ」

京は狭い。

風に吹かれ炎が御所にまで届くのでは、という危惧《きぐ》を、京に暮らすものであれば抱《いだ》くはずである。

いかにも田舎《いなか》くさく、泥くさい策略であった。

「信西どのに申しあげるがよい。わしの献策を買ったのは、信西どのよ。戦功をあげられぬ身が、それほど口惜しいか」

義朝は不敵に笑った。勝者はすでにあきらかだった。

「武人ならば、軽々《けいけい》に小狡《こずる》い手を選ぶな。知恵を用いたつもりで、宮中の魔物に踊らされようぞ」

敢然と言い放ち、清盛は背をむけた。

義朝は、ふんと鼻を鳴らした。清盛の弁は、その場では無意味な遠吠えであった。

それでも清盛は、義朝の心根を憎くは思わない。実の父と弟を敵にまわしても、どこまでもえげつなく勝利にこだわる義朝は、武士としては好ましい。

戦の始末をつけるとは、どういうことか。

武士ならば、それを承知せねばならぬ。

政をやるものどもは、承知もせずに生命を弄《もてあそ》ぶ。

燃え落ちる白河北殿より、崇徳上皇と左大臣頼長は脱出をはかった。信西のねらいどおり、空《から》にした東門から崇徳上皇は逃れた。数すくない随身《ずいじん》のものとともにあちこち彷徨《さまよ》い、道中で出家した。やがて仁和寺へたどりついた。この仁和寺にて、七月十三日に、拘束されることとなった。

頼長は逃亡の途中、一本の矢が首にあたり、大怪我を負った。不運な流れ矢であったのか、だれかが意図をもって射た矢であったのかは、わからない。頼長もあちこちへと逃れたのち、父忠実の館へ運ばれたが、忠実は謀叛人《むほんにん》となった息子と顔をあわせなかった。頼長は瀕死《ひんし》の身で南都に入り、七月十四日にひとり死んだ。

七月二十二日、崇徳上皇の処遇がさだまった。

讃岐国《さぬきのくに》への配流《はいる》。

ときの上皇を相手どったものとしては、異例の厳罰といえた。

配流までの十日間ばかり、崇徳上皇は仁和寺の寛遍法務《かんぺんほうむ》の坊にとじこめられたままだった。

夕刻にさしかかるころ、仁和寺の二王門《におうもん》を僧形の男が訪ねた。

西行である。

「御坊は、どなたであるか」

警護の兵が西行の前途をふさぎ、誰何《すいか》した。

「名もなき僧である」

西行は陰鬱《いんうつ》に答えた。

「上皇さまにおとりつぎ願いたい。歌のお話をしに参った」

「なんだと。名も言わずにそのような」

相手の兵は憤然としたが、そこへ若い検非違使が駆けよった。

「お待ちを。西行さまではありませぬか」

利発なまなざしをあげて問うたのは、平基盛。清盛の次男であった。西行は、双眼をみひらいた。

「ご案内いたします。こちらへ」

西行の答えを待たず、基盛は先導した。

他の兵がそれを咎めなかったことから、西行はこのできごとの裏側にだれがいるのかを自然と悟った。

基盛は広い敷地のうちに進み、中門《ちゅうもん》で足を止めた。

「では」

西行に一礼して、来た途《みち》をひきかえしていく。

中門では清盛が待っていた。

「来ると思うたぞ」

腕組みをして、しずかに清盛が言った。

「止めだてするか」

西行は面持ちを険しくした。

清盛は、ゆるりと頭《かぶり》をふった。

「いまさら止めて、なんになる。上皇さまは、明日の夜には讃岐へ発《た》たれる。ゆえに今夜、おぬしは来るであろうと踏んだ。この場はおれが預かっている。お目にかかるならば好きにせよ」

「そうか。……礼を申す」

悔恨を嚙みしめて西行はうつむいた。

「讃岐か。まさか京を離れられることになろうとはな。……そしていまや、だれもここには参らぬのだ。来たのは、ただひとり、おぬしだけよ」

西行へ語りかけるというより、それは清盛の沈痛な独白だった。

西行は一度うなずいたが、刃《やいば》のような双眸《そうぼう》を清盛にあてて言った。

「だが、これが武士の力だ。清盛よ。けっして御辺へのあてこすりではない。左右におわす治天《ちてん》の君《きみ》がともに武士の力を用いれば、どちらかはこうなる」

「であろうな」

清盛は空を見あげた。

青く黄昏《たそが》れる東の天に、あかるい月がのぼってゆく。

ぽつりと西行がつぶやいた。

かかる世に影も変らず澄む月を
見る我身さへ恨めしきかな

＊　＊　＊

崇徳上皇方に味方したものたちは、白河北殿から、ちりぢりに逃げていた。かれらは捕縛され、あるいは自首して、沙汰《さた》を待つ身となった。

崇徳上皇の皇子、重仁親王は出家。

文臣貴族は流罪《るざい》。

武士には、死罪が申しつけられた。ことさらの厳罰であるが、天皇に弓をひいた罪は大きく見なされた。

勘のいい後白河天皇は、武士の力のありがたみを知ったがゆえに、武士を野放しにはできぬ心地なのではないか。清盛は、そう感じた。さらに信西の知性が、後白河天皇を支えている。信西が「武士を殺すべし」と号令すれば、だれもそれを覆《くつがえ》せない。

信西は、ある策を講じた。逃亡した武士たちを呼び戻すために、「自首して参ったものは、罪を軽減される」と噂をまいたのだ。これは偽《いつわ》りであった。

源義朝のもとには父為義が、清盛のもとには叔父忠正が、それぞれ庇護を求めて自首をした。

「――斬首である」

朝廷にて、信西は、かっと眼《まなこ》をみひらいて清盛に告げた。

「平忠正およびその縁者、平清盛の手で斬首することを命ず」

清盛の手で、と定めたところに信西の残忍な意図がある。

つづけて、こうも言った。

「源為義およびその縁者、源義朝の手で斬首することを命ず」

子供の遊戯ではない、と清盛は思った。

衆目のまえにて、血縁の首を落とすは、児戯《じぎ》ではない。

かくも因業《いんごう》なおこないが、ひとかどの武家棟梁の仕事であろうか。

「かしこまりてに候」

まばたきをせず、射殺すようなまなざしを清盛は信西へ返した。


(——わたしが不甲斐《ふがい》なかったのだ)

朝廷の処断を知り、頼盛は強く悔やんだ。

自分が叔父を戦場で討っていれば、この憂いを後に残さなかったのだ。

しかし、いま清盛のかわりに叔父を斬首すると申し出たとしても叶わぬ。

必要とされているのは一門棟梁の名である。頼盛では足りぬ。

頼盛は思索した。悩んだ。考えよ。武士であるからこそ考えねばならぬ。……されど考えても出口はなかった。兄が叔父を斬ることは、止めようがなかった。

七月二十八日、六条河原にて、清盛は叔父忠正の首を斬った。忠正のほか、子の長《なが》盛《もり》、忠綱《ただつな》、政綱《まさつな》らもそろって処刑された。

大戦《おおいくさ》に出向く際と同然の鎧兜を身につけて、白昼の灼熱《しやくねつ》のなか、清盛は刑場に立った。

贅《ぜい》を尽くした戦装束と、いかにも武士の棟梁らしき堂々たる威容をもって、清盛は観客を愉《たの》しませた。

観客は、河原べりにあつまった民だけではない。

のちのち一千年をこえても、この清盛の挙措《きよそ》を愉しむものたちが存在するであろう。

ことこまやかに語りつたえるであろう。

後白河天皇は、歴史という名の観衆を見透かしている人物であった。

そして自身もまた、邪気なく愉しむのだ。

舞台にあげられた平清盛の技芸を。

「ひといきに首を落とすがよい」

縛られたまま清盛の足元に引きだされた忠正は、試すようにそう言った。

「できるであろうな。幾度も斬りそこねられては、たまらぬ」

「さいわい、わが父忠盛の薫陶《くんとう》あつくして、清盛の刀は鍛えられておりまする」

手にする太刀《たち》は先祖伝来の小烏丸《こがらすまる》である。

「兄上に見放されたのはおれの不徳。おぬしに斬られるも因果と思う」

忠正は、覚悟のきまった面持ちになった。しかと膝をついて座り、首を前にのばした。

「清盛よ、一門を頼むぞ」

「必ずや」

清盛はうなずいた。

抜刀し、裂帛《れっぱく》の気迫とともに、叔父の首を刎《は》ねてのけた。

その後、七月三十日、今度は源義朝が、船岡山《ふなおかやま》にて父為義と弟たちを処刑した。

先に清盛が叔父を斬ったため、義朝も引けず、泣きながら父を斬ったと伝えられる。

世人は、口さがない噂をたてた。

――清盛はあえておのれが折りあいのわるい叔父を斬ることにより、義朝も身内を斬らざるをえないよう仕向けたのだと。

「なぜ兄上のせいになるのか」

頼盛は、憤懣《ふんまん》やるかたなかった。

清盛と話したくなったが、こんな話題を兄の耳に触れさせるのもためらわれた。しばらく考えたのち、家人に伝言を頼んだ。池殿の庭へ、盛国を招いた。

盛国はすみやかに現れた。

「無理に呼びつけてすまぬ、盛国よ。兄上のごようすが気になったのだ。口さがなき噂が流れ、お気落ちなさっていないか」

「お元気でおられます」

盛国は、それだけ言ってやめてもよかった。

盛国にとって頼盛は、屈託《くったく》を払拭《ふっしょく》しがたい相手なのだ。

しかし、仄《ほの》かな迷いののち、盛国は言い足した。

「四海八荒《しかいはっこう》に、気落ちはお見せになりませぬ。わが殿は、そういうおかたです」

「そうだな……。そうだろうな」

「世人は、わが殿の本意を知りたがっているのではありませぬ。わが殿の強さを知れば、事足りるのです」

「だがわたしは、強さだけが兄上のすべてだとは思わぬのだ……。家盛の兄上が亡くなったときとて、そうだった……清盛の兄上のご心痛は蔑《ないがし》ろにされた」

頼盛は、もどかしかった。

一門棟梁としての役柄を演じきる清盛を、安全な場所から見ているのは苦しかった。

「すまぬな……こう盛国に言っても、盛国をこまらせるばかりであろう」

後悔し、盛国に詫びた。

「いいえ」

盛国は頭《こうべ》をさげた。

「わが殿へのお気持ち、ひとえに嬉しく存じまする」

その盛国のこころはまことであったが、頼盛と清盛の立ち位置の複雑さは、解消されてはいない。池禅尼はいまもって、頼盛を平家棟梁にと望んでいる。それゆえに盛国は、微笑むことはできなかった。

——保元の乱は、こうして終わった。

章の三　平治《へいじ》の乱――大内裏《だいだいり》攻略戦

一

保元の乱ののち。

清盛をはじめとして、平家一門の官位はあがった。頼盛も安芸守に任じられ、また内裏《だいり》清涼殿、殿上《てんじょう》の間への昇殿《しょうでん》をゆるされた。いよいよ殿上人《てんじょうびと》となったのである。

保元二年（一一五七）、大内裏《だいだいり》の再建において、頼盛は貞観殿《じょうがんでん》を造営し、恩賞として従四位下《じゅしいのげ》に叙された。このとき、清盛はもちろん、頼盛の異母兄にあたる経盛と教盛も、おなじく内裏造営での恩賞を賜《たまわ》っている。豊沃《ほうよく》な財力にものをいわせた一門の躍進であった。

保元三年（一一五八）、十六歳の守仁親王が践祚《せんそ》し、二条天皇となった。政《まつりごと》の手綱《たづな》は、かわらず父の後白河上皇が握っている。

朝廷においてもっとも発言力をもち、さまざまな改革をおしすすめたのは、信西であった。

後白河上皇は、信西に権力があつまりすぎることを憂慮したのやもしれぬ。あるときから、急激に、側近の藤原信頼が重用されるようになった。

信頼への後白河上皇の寵愛《ちょうあい》はただならぬものがあり、公卿《くぎょう》らは眉宇《びう》を寄せ、あさましきものと囁《ささや》いた。

信頼はお世辞《せじ》にも見目のよい男ではない。俵《たわら》のように肥満し、いつも不満げにくちびるをへの字に曲げており、性状も狷介《けんかい》で、人好きするところはなかった。

ふしぎと後白河上皇は、この男をかわいがり、どこへ行くにも連れまわした。

信西は信頼を疎《うと》み、逆もまたしかりであった。

ほんらいならば信西と力をわけあう相手は、藤原氏の本流こと摂関家《せっかんけ》である。だが保元の乱において左府《さふ》頼長は死に、加担の罪で父忠実も籠居《ろうきょ》。のこるは忠通であるが、この影響で摂関家の財産を削《そ》がれることとなった。

信西と信頼がどちらも権勢をふるうにつれ、忠通の発言力は弱まっていった。

頼盛の邸宅は六波羅の池殿だけではない。

八条大路に、妻の館があった。

妻の伺候《しこう》する八条院——暲子内親王の住まう八条殿と、隣接した屋敷であった。

先述のとおり、鳥羽法皇の息女暲子内親王は、鳥羽法皇崩御ののち、保元二年、二十一歳にして髪をおろし仏門に入った。

出家したとはいえ、闊達《かったつ》な気性に変わりはない。また、甥《おい》である二条天皇の准母《じゅんぼ》という立場は朝廷にいまも力をもち、鳥羽法皇と母美福門院からうけついだ荘園も莫《ばく》大《だい》なものであった。

ある晩、頼盛は八条殿に招かれた。

招かれたといっても隣同士である。

気軽に声をかけてこられたようすだったので、頼盛もふらりとひとりで行った。

「ふ、ふ、ふ」

頼盛の顔をみたとたん、八条院が笑いだした。

「なんの気構えもないのですね。あなたは、なかなかにおもしろい」

八条院は頼盛より若いが、堂々とした貫禄があり、いつも頼盛に対しては姉のような口をきくのだった。

「さて、いかなる御用向きか、考えたとてさっぱりわかりませぬゆえ、考えぬようにいたしました」

頼盛は思ったままのことを言った。ふふ、と八条院がさらに含み笑いをした。

「たいていの御仁《ごじん》は、わたしに好かれようとして土産物《みやげ》をつみあげたり、出会いがしらにお世辞をえんえんと述べられたりなさるものですよ」

「それは気がまわらず」

「まことですか？」

「まことを申せば、なにもかもお持ちのかたにさしあげる土産も浮かびませぬし、世辞は世辞と即座におわかりになりましょう」

「そういうところが、あなたはおもしろいのです」

八条院は満足そうであった。

「お願いがあります」

「わたしにですか」

「ええ。あなたがいちばんよいでしょう」

側仕《そばづか》えの女房に、八条院が合図をした。

女房が退出し、ひとりのうつくしい娘をつれてきた。

男装である。

白い水干《すいかん》と小袴《こばかま》をまとい、白い鞘巻《さやまき》をさして、立烏帽子《たてえぼし》をかぶっている。

当世流行の、白拍子《しらびょうし》の恰好《かっこう》だった。

「祇王と申します」

床に指をつき、ととのった礼をした。

が、その美貌には勝ち気な炎がまといついており、従順さの片鱗《へんりん》もない。

(これは難物だな)

一目で頼盛はそう思った。

世間では、白拍子とは男に媚《こ》びて舞うものと思われている。

祇王のまなざしに輝いている矜恃《きょうじ》の光は、まったく白拍子らしからぬものだった。

「これはもともと上野国《こうずけのくに》の受領《ずりょう》の娘で、先日の戦《いくさ》で父をうしない、母と妹を養うために白拍子になったのです。このとおり見目はうつくしく、声もすばらしいのですが、舞いがまだ下手で」

八条院が祇王のことを紹介する。

その娘と自分になんのかかわりがあるのか、頼盛にはわからない。

いたずらをしかける笑《え》みを口元にのぞかせて、八条院がつづけた。

「この祇王、あなたが預かってくださいな」

「――わたしが?」

頼盛は困惑した。

祇王本人の面前で問うべきではないのかもしれないが、どうにも大きな不思議であったので尋《たず》ねた。

「なぜ、わたしに？」

「あなたたちは、才に溢《あふ》れていながら、やる気がないところが、そっくりなの」

八条院が、愉快げに笑った。

頼盛は、返答につまった。

不名誉な理由に聞こえる。が、託された娘をほうりだすのも気の毒である。

祇王はといえば、面持《おもも》ちに警戒心を隠さず、つめたく頼盛を見据えていた。


この当時、白拍子は遊女の一種として認識されている。

権力あるものは優れた白拍子を寵愛し、権勢の彩《いろど》りとしてその美を世に示した。となれば閨《ねや》をも共にするのが当然であった。しかし頼盛には、そうした意向はなかった。そもそも欲しくて求めた娘ではないということもあるが、祇王には生来の気位《きぐらい》の高さがあり、たやすく手折《たお》れぬ。

「ともかく、しかと話はせねばなるまい」

八条の屋敷に戻り、頼盛は母屋《もや》で祇王とむきあった。

祇王は烏帽子と鞘巻をとって傍《かたわ》らに置いた。そうして娘らしい黒髪をなびかせると、顔容《かんばせ》の美麗《びれい》さがひときわ目立った。

「母と妹とともに、この屋敷に住んでよい。舞いの稽古《けいこ》も好きにしてかまわぬ。わたしはこの屋敷には月の半分ほどしかおらぬが、不自由があればいつでも六波羅まで使いをよこすがよい。八条院さまから預かったそなたを、無下《むげ》にはあつかわぬ。安心せよ」

「臥所《ふしど》のお相手はいかように」

双眼を伏せて祇王が尋ねた。

かたちばかりは繕《つくろ》ってあったが、あまりに歴然とやる気がないので、頼盛は笑いだしてしまった。

「なぜ笑われますか」

むっとして祇王が頼盛を睨《にら》んだ。

「八条院さまのおっしゃったとおり、やる気がないではないか。であれば、やらなくてよい」

「しかし母と妹もお世話になりますのに心苦しう存じます」

「そなた、歳はいくつか」

「十七にございます」

「ならば背伸びはいらぬ。歳《とし》相応にせよ。わたしは取り繕われたり芝居をされるのが、好きではないのだ」

「ですが、わたくしは……」

祇王は居心地がわるそうに口をつぐんだ。

そして、なにかを思いきると、言った。

「……ほんとうのあたしは、口がわるいのです」

「そうか」

「あたしは武士がきらいです。まして平家は亡き父の仇《かたき》。殿上人を名乗ったって、どうせ付け焼き刃。しょせんは賤《いや》しき人殺し」

とめられぬ噴火のように、祇王の口からはそんな悪態が流れ出た。

「そうか」

頼盛は淡々と応じた。

祇王が、拍子抜けをした。

「お怒りにならないんですか」

「もっともなことだと思って聞いている。わたしは殿上人となったが、いまでも毎日、弓箭《ゆみや》の鍛錬《たんれん》をする。毎日、怠《おこた》らず、ひとを殺す技倆《ぎりょう》を磨かねばならぬ。とてもめんどうくさい。やらずにすむなら、どれほど嬉《うれ》しいか」

「めんどうくさい？」

　祇王はあきれる。

「まあ。弓箭がめんどうくさいのですか。武士のくせに、おかしなおかた」

「めんどうくさいが、やってはいるのだ。怠《なま》けてはおらぬ」

「怠けると偉いひとに怒られるのですか？」

「怠けずにいても怒られはする。もっと出世をせよと怒られる。とりたてて褒《ほ》められはしない」

「そうはいったって殿上人になられるほどですから、ご立派な手柄をたてて褒美《ほうび》をもらっているでしょう」

「なにか手柄があるとすれば、父と兄のおかげである。わたしは、父と兄の恩に報《むく》いたいのかもしれぬ」

「仲がおよろしいのですね」

「そなたとて、母と妹を養うために舞うのではなかったか」

「ああ、そうでした……」

ふと現実を思いだした表情で、祇王は中空を見つめた。

「ですけれど、あたしは善良な孝行娘などではありません。歌うのが好きなのです」

「そうか。そなたはわたしとちがって、歌うことがめんどうくさくはないのだな」

「ええ。歌っていると、たのしくて現世《うつしよ》のことを忘れてしまいます。――それに、歌えば、なにかが見つかる気がするのです」

「なにを見つけるのだ」

「理由でございます。歌う理由、舞う理由、生きる理由」

しゃんと胸をはって祇王が答えた。

賢い娘だ、と頼盛は思った。

「そなたには、さまざまなものが見えている。わたしはそなたがうらやましい」

「ひともうらやむ殿上人のおかたが、そのようなことをかんたんにおっしゃるのは、いけません」

祇王が微笑《ほほえ》みをこぼした。

先刻までの、父の仇よと睨んでいた顔とくらべると、いっきに花がひらいたかのようだった。

祇王のなかで、頼盛という人格が、おそらく好ましいかたちに変わったのだった。

「そうか。そうだな。気をつけよう」

頼盛はうなずいた。

「以後、よろしくたのむ」

「どうぞ祇王のことは、あまり、めんどうくさくならないでくださりませ」

一礼し、祇王は得意げな言いかたをしてみせた。

＊　＊　＊

風に靡《なび》くもの
松の 梢《こずえ》 の高き枝
竹の梢とか
海に帆かけて走る船
空には浮雲《うきくも》野邊《のべ》には花薄《はなすすき》

祇王は歌うのが好きだ。

今様《いまよう》の韻律《いんりつ》は、ふしぎとあかるい。

仏や経文《きようもん》のことをも歌うが、どうでもいいもののことをも歌う。

風に吹かれる、ちっぽけなもののことも。

祇王はそんな歌が好きだ。

空には浮雲、野邊には花薄。

胸郭《きようかく》をあたらしい空気で満たし、朗々《ろうろう》と歌えば、ちぎれた雲のかたちは瞼《まぶた》にうかび、かぼそき花薄の影はゆれる。

海に帆かけて走る船。

祇王は海をゆく船に乗ったことがないけれど、言の葉を音にまとわせれば、頬《ほお》をうつ清い風を感じるのだった。

扇を手に踊る。

(踏《トウ》)

足さばきに気をこめる。

(踏、踏、踏――旋《セン》)

妹の祇女《ぎじよ》と、ともに舞う。

母刀自《とじ》が、鼓《つづみ》をうつ。

やる気がない、と八条院に評された祇王の舞いだが、頼盛に預けられたあとは、あやうげなく上達した。

「祇王はずいぶん舞いがよくなりましたね」

にこにこと笑んで八条院が褒めた。

頼盛にまかせて一月後、祇王のようすをみるために、御前に呼んだのだ。

「明日の宴《うたげ》にて、舞ってもらいましょう」

「ありがとうございます」

祇王は深く頭をさげた。

「お隣のおかたもお招きしましょうね」

頼盛のことである。

祇王はどうにも複雑な表情になった。

「……あのおかたはまだ、一度もわたくしの舞いをご覧になったことがないのです」

「あら、まあ。あははは！」

あまりのことに、八条院は手をたたいて笑った。

「なんてこまったひとかしら。それでは、うまくなったと褒めることもできないでしように」

「母も妹も、お屋敷でよくしていただいておりますし、頼盛さまの北の方さまからも着物などを頂戴して、優しくしていただいておりますが……。なんと申しましょうか、あのおかたは、わたくしが白拍子であることをお忘れかのようで……」

「だめですねえ、殿方というものは」

「だめでしょうか」

「明日の宴にはかならず来るようにと、わたしから強く言っておきましょう。あなたは、堂々と、うつくしく舞えばよいのですよ」

力づけるように八条院が言った。


保元三年秋、頼盛は三河守に昇進している。

八条殿の宴に招かれた。

後白河上皇が臨席するとのことだった。

あいかわらず後白河上皇は謎めいた人物であるが、避けるわけにもいかない。

宴は華やかなものであった。朝廷をまるごと八条殿へ運んできたように、多くの高位の貴族たちがさざめく場だった。

ただし、平清盛も、源義朝も、源頼政も、そこにはいない。

武門の気配を持ちこむまいとする意図がはたらいていた。

頼盛は異分子であった。

（気をつけて歩かねばならぬ）

頼盛は思った。

朝廷の魔物に足をすくわれてはならぬ。

おのれの挙措《きよそ》が、つねにだれかに注視されている。

だれか――たとえば後白河上皇。

八条院に挨拶をすませたのちに口実をつくって席を辞そうか、とも考えた……のだが。

「今宵《こよい》はきちんと祇王の舞いをご覧なさい」

八条院は、いささか頼盛に立腹していた。

「あの娘の舞いを一度も見たことがないとは、なさけないお話です」

「それは……まだ下手で恥ずかしいと言うものを、無理強《むりじ》いはできず」

「ほんとうにこまったおかた」

八条院は嘆息した。

「どうして祇王の舞いが上達したのか、わからないというのですか。あなたに見てほしいからですよ」

「……そういうものですか」

「そういうものですよ」

ぴしゃりと言われ、頼盛は反駁《はんばく》を封じられた。中座をするのがむずかしくなった。

しかたがない。

各種の肴《さかな》の載った高坏《たかつき》と、酒の配された折敷《おしき》の前に、頼盛は腰をすえた。酒には強くない。舐《な》める程度でとどめた。

「暲子から、祇王をおしつけられたそうではないか」

隣から声がした。

またもや、前触《さきぶ》れのない登場であった。

八条院の兄、後白河上皇である。

だれより上座にいるべき人物にもかかわらず、かまわず頼盛の隣に座していた。

随伴《ずいはん》のものも連れずに、涼しげな面持ちで杯をくちびるに運んだ。

頼盛が初めて言葉をかわした夜から、後白河上皇は一日も歳をとっていないように見える。

鋭角的な顎《あご》の線が若々しく、上皇という地位とはそぐわぬ自由さがあった。

「祇王の今様はよい。あれは日本《ひのもと》第一の歌声ぞ。そう思わぬか」

「まだ聴《き》いたことがありませぬ」

正直に頼盛が答えると、さすがの後白河上皇も、驚愕の色を双眸《そうぼう》に宿した。

「ではなぜ祇王をひきとったのだ」

「賢い女と思いましたゆえ」

「わからぬな、三河守よ。わしには、わからぬ」

喉《のど》の奥で、後白河上皇はすこし笑った。

「世に、歌よりも価値のあるものなどあろうか」

その後白河上皇の言葉には、頼盛はまるで共感できなかったが、黙っていた。

「信西も、歌がわからぬ手合いなのだ。わしがどれほどよい今様を歌っても、信西には価値がわからぬ。いまの信西は、信頼の出世を邪魔することしか頭にない」

くだくだと後白河上皇が愚痴をこぼす。

危険な誘い水である。

頼盛は、賛も否も顔にださぬよう努めた。

信西と信頼のどちらかに傾いた態度をとれば、政争に利用される。

非公式の場の戯言《ざれごと》とはいえ、後白河上皇の口ぶりにはあやうさが満ちていた。

信西の知性は、後白河上皇の政の土台である。

両者の関係が悪化すれば、朝廷の勢力図が変動する……。

そのとき、ひとつ、鼓が打たれた。

宴席の中央に、祇王があらわれた。

白き水干に緋《ひ》の小袴。白鞘巻をさして、漆黒《しっこく》の立烏帽子。ゆたかな黒髪をなびかせ、すっと背筋をのばして立っている。

(光……)

光が満つる、と頼盛は思った。

天からの光が、祇王にそそがれる。

口元に浮かべた笑みは自信にあふれているが、祇王の手先、足先には、天地《てんち》神明《しんめい》に技芸を献ずる緊張感がはりつめている。

「——空より」

一声、祇王が発した。

空より花降り地は動き
ほとけの光は世を照らし

弥勒文殊《みろくもんじゅ》は問い答え
法花《ほっけ》を説《と》くとぞ豫《かね》て知る

声が光そのものとなって、頼盛の胸から背へと、まっすぐにつらぬいていった。

胸から背までを突きとおす、おおきな空洞をあけられたようであった。

扇を手に、祇王は歩を踏み、また戻る。

（踏――踏――踏）

観《み》るものを威するように、円を踏む。

めぐる。

（――旋）

おなじ歌を、三度、歌う。

歌うたびに祇王の声は艶《つや》を増し、糖蜜《とうみつ》がごとく甘くのびたかと思えば、神仏の誡告《かいこく》がごとくおそろしく響きもする。

（空より花が……）

頼盛は、なぜかこころの底に苦しさを感じた。

空より花は降らぬ。

それが現実の道理である。

けれどいま頼盛の眼前に、現実ではないものがあらわれているのではないか。

(——鷺《さぎ》)

ふと思いあたり、頼盛は動揺した。

(鷺ではないか)

兄家盛に見せたかった、白鷺。

兄が愛した、うつくしきもの。

ここに、その美があるではないか。

——いつしか不可思議な世界が頼盛をつつみこんでいた。ひとびとの輪郭が曖昧《あいまい》にぼやけ、身体がうきあがったように、どこにいるのかわからなくなり……。

後白河上皇と頼盛のただふたりだけが、虚空《こくう》にあった。

かつての、六波羅での宴において起こった異変とおなじであった。

「歌も舞いも、神仏の遊び」

頼盛の隣で、後白河上皇が言った。

「だから、わしは、歌うのだ。歌えば、眼に見えぬものも見え、耳に聞こえぬものも聞こえる。たいていのことは、見とおせてしまうのだ。わしは、だれからも望まれず、みずからも望まずに、帝《みかど》になった。にもかかわらず、皇位をのぞんだものどもの無数の怨念を背負わされてしまった。怨みも憎しみも、道理にあわぬ。わしは、いかなる敵にも倒されまいぞ。抗《あらが》いつづけてやろうぞ」

語る後白河上皇の横顔は、はげしき生命力によって、ぎらついている。

それは頼盛の瞳にも、まばゆいものである。

しかし、後白河上皇とおなじ感じかたはできないのだった。

歌も舞いも、まことに、神通力をあやつるための道具であろうか。

祇王の歌と舞いは、そのためのものであろうか。

「わたしは、歌も舞いも、うつくしければよいのです」

頼盛は言った。

「は、は、は！」

後白河上皇が哄笑《こうしょう》した。

「この夢幻の境《さかい》を見る力がそなたにもあるのに、宝の持ち腐れであろう」

「見る力……」

意外な指摘だった。

頼盛は考えた。

はたして、おのれに必要な力であろうか。

「なにを宝と思うかは、ひとそれぞれにございませぬか」

「ではそなたは、なにを宝と思うのだ」

後白河上皇は愉快そうに尋ねた。

――宝とは。

頼盛には、わからない。

すでに手にしている気もするし、すでに手放した気もする。

「武名か。官位か。栄華か。権勢か。清盛はすべて手に入れるであろうな」

後白河上皇が予言した。

予測ではない。

そうなることを、後白河上皇は知っているのだった。

「その清盛を、平家の棟梁《とうりよう》にしてやったのは、だれであろうぞ。さて、まことに栄えるは、なにものであろうぞ。わからぬか。この国を賤しき武家の末裔《まつえい》にゆだねぬために――白河院の落胤《らくいん》なる清盛に覇権をとらせるために、そなたの兄家盛は呪殺《じゆさつ》されたのだ」

「どなたに……」

誘いこまれるように頼盛は問うてしまったが、それはあやまちであると気づいた。

罠だ。

後白河上皇は、じつに魅力的な笑みを浮かべた。

ひとの運命を弄《もてあそ》ぶものの笑みである。

「知りたいか」

「いいえ」

頼盛ははっきりと頭《かぶり》をふった。

朝廷の魔物に足をとられてはならぬ。

「わが兄清盛の栄達は、ひとえにその才覚と器量ゆえに……！」

頼盛の意識は、ふいに遮断《しやだん》された。

高い虚空の涯《はて》から、まっさかさまに墜落した。


気づけば、そこは宴席ではなかった。

八条殿の一室だった。

ひとびとの談笑する気配は、遠くにさざめいていた。

頼盛はまばたきをした。

天井が見える。自分はいつ倒れたのか。

ゆるりと上体をおこして座りなおすと、くらくらと眩暈《めまい》がした。

「そうっとしていてくださりませ」

あわてて祇王が頼盛の肩をおしとどめた。

白拍子の装束をまとったままだった。

「そなたの舞いは終わったのか」

「はい」

「上皇さまはいずこに」

「舞いがすみましたら、お帰りになりました」

「そうか。お褒めいただけたか」

「はい……。あまりよく憶《おぼ》えておりませぬ。そのあとすぐに、頼盛さまが卒倒なさったので」

「ほんとうか。それはすまぬことをした」

「よいのです」

祇王は横をむき、どこか居心地のわるそうな表情になった。

「上皇さまよりも、八条院さまよりも、頼盛さまにお褒めいただきたかったのです」

「そうか」

「あまりお酒に弱くては、北の方さまもご心配なさりましょう」

祇王の物言いは生硬《せいこう》をとおりこして、つっけんどんなほどだった。

ここでわざわざ頼盛の妻をひきあいに出す必要はない。

妻は八条院の乳母子《めのとご》でもあり、頼盛にとっては八条院とのつながりを保つ後ろ盾ともなる。蔑《ないがし》ろにしてよい相手ではない。気配りはしているつもりなのだ。

しかし頼盛の性格の独特さゆえか、夫婦らしい恋情はなかなか生じなかった。

妻とのあいだに嫡男光盛《みつもり》がうまれるのは、承安《じようあん》二年（一一七二）と、まだ先のことである。

「そうか」

頼盛はつぶやいた。

ひとの心中に疎い頼盛だが、祇王の想いは、だれにとってもわかりやすいものかもしれなかった。

わかるべきであろう。

「わたしはただ、うつくしいと思ったのだ。そなたの歌も舞いも、こよなくうつくしいと」

訥々《とつとつ》と頼盛は語った。

「わたしの亡くなった兄は、うつくしいものが好きだと言っていた。白い鷺が好きだと。わたしには、そのときは兄の気持ちがよくわからなかった。――そなたの歌と舞いは、白い鷺だ。わたしにも、ようやくわかった。礼を言いたい。こんなわたしだが、そなたをたいせつに思うている」

「……ひどいおかた」

祇王が涙ぐんだ。

「正直にも、ほどがあります」

「そうか。わたしはそういう人間なのだ。すまぬ」

「しかたがありませんね」

祇王はもはやせいせいとしたように、爽《さわ》やかな声音《こわね》で言った。

「そういう頼盛さまを好きになってしまいました！」

二

保元の乱ののち、清盛は播磨守《はりまのかみ》に、そして保元三年には、四十一歳にして大宰大弐《だざいのだいに》となった。

大宰大弐、すなわち大宰府《だざいふ》における事実上の最高位である。

太宰府は、日宋貿易の中心地であった。もとより宋とのかかわりが濃い平家にとって、これは盤石《ばんじやく》の富をもたらす所領といえた。

清盛は油断をしたわけではあるまい。

信西と藤原信頼のあいだにある緊張を、清盛も見ぬいてはいた。ゆえに信西の息子と信頼の息子をいずれも娘婿とし、どちらとも良好な関係を保つよう努めた。これは平家一門のための政略である。

だが平治《へいじ》元年（一一五九）の十二月、清盛は京《みやこ》を離れてはならぬときに、京にいなかった。

あとから考えれば、それは天の計らいのような不在だった、と頼盛は感じる。

まるで、京を離れたことによって、その後のできごとをひきよせたようでもあった。

十二月四日、清盛は一門とともに熊野参詣へと発したのだった。

重盛、基盛といった息子たちに、弟頼盛をも伴っての、長い旅である。

家臣の重鎮である平家貞らも供をしているが、総勢たったの十五人である。兵のほとんどは六波羅に置きとどめられていた。

頼盛はすべてにおいて静謐《せいひつ》にふるまった。万事、清盛の嫡男《ちゃくなん》重盛を立てることを考えていた。頼盛は二十七歳、重盛は二十二歳。池殿の母もさすがに頼盛を棟梁とするのはあきらめていいころだが、たがいに微妙な年齢である。頼盛が悪目立ちすれば重盛の顔をつぶす。

「ヨリよ、そろそろ口をひらいてものを言えや」

清盛があきれたようすで言ったのは、紀伊国、二川宿《ふたがわのしゅく》に入ったあとだった。

十二月十日のことである。

「しゃべれるならばおれと酒を飲め」

「話さぬわけではありませぬ。とくに話すことがなかったのです」

頼盛は言い訳をしたが、兄の勘のよさには感心もした。一党を率いていながら、弟の口数にまで目がとどくとは。

「ともかく、おれと酒を飲め」

強引に酒席にひっぱりこまれた。黙々と、盛国が見守っていた。

他のものもそれぞれに酒を楽しんでいるが、この夜は、清盛は頼盛としか話すつもりがないようだった。ぐいと膝を寄せてきて、言った。

「聞いたぞ。祇王という白拍子、たいそうな舞いの名手だと」

「ああ……」

頼盛は、表情を選びかねた。下をむいた。

「どうした。ヨリと女の話をできるとはな。おれは嬉しいのだ」

「わたしは恥ずかしいのです」

「どのような女か」

清盛が尋ねた。

頼盛は考えた。

「うつくしい女です」

「そうか」

「この国で第一の歌声と、上皇さまが仰《おお》せになっていました。……わたしは、この国で第一の男ではありません。そぐわぬのです」

「なにを言う。平家の男ではないか」

片頬をゆがめて清盛が笑った。

なるほど、と頼盛は思った。

「兄上は、平家の男を、ひとりのこらず、日本《ひのもと》第一の座へひきあげてくださるおつもりなのですか」

「むろんよ。それが棟梁の役目」

「わたしは、兄上を太陽と思い、おのれは月と思うております」

なんとはなしに、そんな言葉が胸から湧きだしてきた。

「わたしがなりたいものは——昼間の月です。兄上の輝きを見ていたいのです。おのれは光らなくとも、それでよいのです」

「ばかな」

にわかに清盛が強い声を出した。

「おぬしは、おれの気持ちがまったくわかっておらぬ！」

清盛が激したとなれば、座にある一族も郎党《ろうとう》も、いっきに静まりかえった。

失態である。

頼盛はうつむいた。

「申し訳ありませぬ」

そのときだった。

郎党頭の家貞が、顔色をかえて清盛のもとへ駆けよった。

「殿。六波羅から早馬がまいりました。大事にございます」

「なにがあった」

鋭利な表情で清盛が問うた。家貞が答えた。

「京にて――乱が。信西さまが、源義朝に討たれたやもしれませぬ」


前日、十二月九日、夜。

後白河上皇の院御所《いんのごしょ》、三条殿《さんじようどの》を源義朝ひきいる軍勢五百騎がとりまいた。

義朝をうごかしたのは、後白河上皇の寵臣、藤原信頼である。

藤原信頼という男、後白河上皇のひきたてのみで出世した無能な男と世人には思われているが、機を見るに敏なところはあった。

信西の改革によって、貴族らは既得権益をおびやかされ、不満の嵩《こう》じた頃合いではあった。

しかも京には平清盛がおらぬ。

義朝をもちいて信西を討つには、うってつけの状況だった。

襲撃目標となった信西と息子らは、三条殿に火を放ち、火事の騒ぎにまぎれて逃走した。

三条殿はみるみる炎上し、逃げまどう女房らが暴戻《ぼうれい》な騎馬武者に蹴散らされた。

信頼方は火災を避け、後白河上皇と、上皇の姉である上西門院とを、牛車《ぎっしゃ》に乗せて三条殿より脱出させた。そして内裏の一本御書所《いっぽんのごしょどころ》へと移した。

信西はその隙に遁走《とんそう》した。

山城国田原荘《やましろのくにたわらのしょう》にて、地に穴を掘り、みずから土中に埋まった。

そのうえで腰刀で胸をついて自死したという。

わざわざ土中に身を隠したのは、死後の我が身を辱《はずかし》められることを危惧《きぐ》したものであろう。

しかし藤原信頼に容赦《ようしゃ》はなかった。

各地へ追っ手をはなち、信西の埋もれた地を見つけだした。信西の望みに反して、骸《むくろ》は掘りだされた。

首級《くび》は京中の大路ひきまわしのうえ、獄門前の樹上にて晒《さら》しものとなった。

――藤原信頼が源義朝を使って、信西を討った。

熊野参詣の途上でそれだけを知らされた清盛は、平然としてはいられなかった。あまりにも情報が足りないのだ。

二川宿の酒席が、そのまま軍議の場と化した。清盛が言った。

「ひきかえさねばなるまいが、はたして京に入れてもらえるか。京の要所を源氏に固められていれば、こちらは手勢が足りぬ」

「手持ちの武具は五十ほど。ここ紀伊国にて、すぐさま馳《は》せ参じる郎党は百騎ほど」

家貞が報告した。

「ないよりはいい、という数だな」

清盛は苦い表情のままだった。

「乱の首謀者が信頼どのであるならば、憂《うれ》いはない。信頼どのとのつながりを強固に示し、こちらの名簿《みようぶ》をさしだして謀叛《むほん》のこころなしと訴えればよい」

「首謀者は信頼どのではないと……？」

思わず頼盛は踏みこんで尋ねた。

ふっと清盛が笑みをこぼして言った。

「後白河院の腰巾着である信頼が、後白河院の御所を襲うだと。理屈にあわぬ。そのような狼藉《ろうぜき》、信頼ひとりの考えでできるものかよ。やりたいようにやっている偉いおかたが、信頼のうしろにいるのだ。いまごろ、さぞや義朝は上機嫌であろうぞ。源氏の兵が朝廷の威光を背負って京を埋めつくすやもしれぬ。となれば、やつらが目障《めざわ》りに思うは平家だ」

「だとしても、急ぎ戻るべきです。源氏方とて、坂東からの兵は、まだ京にすべては到着していないのでは。源氏に邪魔をされても、うち破って六波羅に入りましょう」

重盛が血気さかんな論をのべた。

若武者の勢いをいなすように、清盛がゆるりと口髭《くちひげ》を指でなぞった。

「さて、シゲの意気もよきものだが、次のしらせを待つも肝要《かんよう》ぞ。おとなしく、なにげなく帰るのがいちばんよい。相手を謀《たばか》るのだ。それが無理であれば、シゲの言うように、速さと武力で押し通る。もしくは、ここ紀伊国より海路を用いて四国へわたり、鎮西の武力もおしまとめて、一軍をなして京へ攻めいる。六波羅より続報が来るはずだ。それまでは、みな、早駆けの支度をして待て」

この不明瞭な状況におかれても、清盛の頭脳と胆力には、やはり翳《かげ》りがない。つぎつぎと策を口にする。頼盛は、それを嬉しく思った。

（兄上は太陽であり、わたしは……）

そう感じるのは、兄の気持ちを理解していないことになるのか。

（兄上の気持ちとは）

自分の察しのわるさが、頼盛は腹立たしかった。

家盛が生きてここにいたら、この意味を尋ねることができたろうか……。

「第二の早馬が着きました」

家貞が報告したのは、翌朝、日がのぼってからである。

「六波羅に別状はございませぬ。義朝方には、攻めこんでくる気配はないと」

「そうか」

清盛はおのれの膝をうった。

「爺《じい》よ、これより一気呵成《いっきかせい》に駆けとおして六波羅に帰るぞ。ただし、おとなしく、なにげなく帰るのだ。敵意ありと見られてはならぬ」

「おとなしく、なにげなくですな」

心得て、家貞が郎党たちに下知《げじ》をした。

清盛と平家一党が京へ戻ったのは、十二月十七日である。

奇《く》しくも、信西の首級が大路ひきまわしのうえ獄門に晒されたのと同日であった。

源義朝の長男、悪源太《あくげんた》義平は、清盛を待ち伏せして討伐するべきだと訴えたが、信頼は清盛を味方と見なして、義平の進言を退《しりぞ》けたのだという。

＊＊＊

京に帰りついた頼盛は、三条大路の屋敷にむかった。

祇王がいるのだ。

母のいる池殿にも、妻のいる八条にも、祇王を置きづらくなってしまったため、そういうことにしていた。

祇王と、妹の祇女、母刀自のほかは、数人の女房しかいない。静かな屋敷だ。

泥のように疲れていたので、一刻も早く休むべきだった。それなのに、頭がひどく冴《さ》えて、眠気のかけらもなかった。

「ご無事のお帰り、なによりでございました」

頼盛のまえに座り、一礼をして、祇王が言った。

祇王はあたりまえの挨拶をしただけだが、ほんとうに無事に帰れなかったかもしれぬと思うと、頼盛は苦笑いしかできなかった。

「どうなさったのですか」

敏感に祇王が尋ねた。

「わたしはおかしいか」

頼盛は率直に返した。

「ええ。おかしなお顔をしています」

「そうか」

「あの、いつもとちがうお顔という意味ですよ。おもしろいという意味ではなくて……」

困った面持ちで、言わずもがなのことを祇王が説明した。頼盛は、どうするか考えたが、なにも浮かばなかった。祇王の肩をひきよせ、やわらかい胸元に顔をうずめた。

そのまま声をふるわせて告げた。

「真昼の月になりたいのだ」

「――真昼の月」

「わたしは太陽ではなく――太陽のいない場所を照らす月でもなく――太陽を見てい

る真昼の月なのだ。そうでありたいのだ。だが、太陽はわたしをきらいかもしれぬ」

「そうなのですか？　いっしょのお空にお月さまがいるのでしたら、お日さまは、こころづよいかもしれませんよ」

「わたしは、いま兄上とうまく話すことができぬ。それを知れば母はよろこぶであろうな。わたしはずっと母に抗い、我をとおしてきた。すこし疲れたのだろう。すこしだけだ」

「ええ」

祇王の優しい手が、頼盛の背中を丁寧《ていねい》に撫でた。

「お疲れになっているのです」

――この女に、わが子を産んでほしい。

ふと、頼盛はそう思った。しかし。

（日本第一の白拍子から、舞いをとりあげるわけにはいかぬ）

自分自身を断罪する声を、胸のなかに聞くのだった。

この度しがたく臆病な自分を、兄清盛は怒ったのだろうか。

「お兄さまのことがお好きなのですね」

祇王が言った。

「ああ。そうだ。そうだな」

頼盛は答えた。迷わず答えた自分に、安堵《あんど》をした。

とろけるように瞼をとざし、祇王の膝を枕として眠りについた。


京へ帰還した清盛だったが、最大の懸案がそのあとに待ちかまえていた。

まず、源義朝である。

義朝は九日の三条殿襲撃の成果をもって、翌十日には多大な恩賞を賜った。従四位下に叙され、播磨守となった。義朝の嫡男頼朝も、このとき従五位下、右兵衛佐となっている。十三歳の頼朝があげた戦功はとくになく、これは義朝のうけた恩賞の付随《ふずい》物《ぶつ》である。

武門の頂点はいまでも平家である。

官位といい財力といい、義朝はいまだ清盛をおびやかす存在ではない。

だが、藤原信頼が朝廷をほしいままに掌握《しょうあく》したことが問題だった。

信頼と結びついた義朝は、もはや大きな虎の威を借る狼《おおかみ》であった。いつどのように平家を蹴落としにかかるか、見当がつかぬ。

平家にとって油断のならぬ状況がつづいているのだった。

そして六波羅をひそかに訪れた客人が、あらたな火種《ひだね》であった。

内大臣三条公教《さんじょうきんのり》である。

公教は当年五十七歳となる朝廷の重鎮であり、この世の乱れと、信頼による信西謀殺という暴挙を嘆いた。

「世を正しくせねばならぬ」

泉殿にて清盛と対峙《たいじ》し、公教はつよい口吻《こうふん》をもって説いた。

「信頼のごとき奸佞《かんねい》の臣に力をもたせるは天の誤りである。朝廷をおさめらるるは二条帝をおいてほかにない」

「世を正しく……」

ゆったりとした態度で、清盛は公教の言《げん》をくりかえした。

「われら平家の兵をもって、信頼どのを討てと仰せか」

「いかにも」

公教も肚《はら》をすえて六波羅にやってきた風情《ふぜい》であった。韜晦《とうかい》はせず、しかとうなずいた。

「清盛どのよ。このまま際限なく源氏と睨みあいつづけるおつもりか。たがいに疲弊《ひへい》し、やがて暴発するのではないか」

「されど、このたびのお話はいささか厄介。世を正しく——それは結構。われら平家も当然、帝にお力添えいたしたい。だが信頼も源義朝も、あまりにも、主上《しゆじよう》のおわすところに近い。信頼を討つとなれば内裏を攻めることとなりますぞ。あるいは過日の三条殿とおなじことになりかねませぬ」

「内裏を焼くは、ならぬ」

公教は険しい顔で言った。

「武家として、なにか、よい手立てを見つけられぬか」

「なるほど」

清盛は鷹揚に微笑んだ。

「一考の猶予《ゆうよ》をいただきたい」

公教が席を辞してのち、清盛はおもむろに立ちあがった。

母屋から庇《ひさし》をよぎって南庭へおり、その場で激しく嘔吐《おうと》した。

「わが殿！」

近くに控えていた盛国が、血相を変えて、清盛に駆けよった。

「いかがなさいました」

「おのれが腹立たしくてしかたないのだ！」

醜《みにく》い吐物《とぶつ》を睨《ね》めつけて、清盛は熾烈《しれつ》な声を発した。

「おれは後白河に勝てぬ。このままでは内裏において源氏と戦になり、双方が大きく力を削られて滅《ほろ》びる。最後まで無傷にあるのは後白河なのだ。信頼も義朝もしょせん生《い》け贄《にえ》にすぎぬ。おれにはわかるのだ。わかるのに、後白河の手を覆《くつがえ》せぬとは」

ともに五臓六腑《ごぞうろっぷ》をも吐きだすかのように、清盛は言うのだった。

盛国は頭頂を雷で撃たれた心地で、おのれの主君を見つめた。

これほどの憔悴《しょうすい》を清盛があらわにするのは、初めてのことである。

かつての祇園社での騒乱も清盛を苛《さいな》んだが、あのときには、まだ清盛は平家一門の棟梁ではなかった。

いまここにある状況は、未曾有《みぞう》の重みで清盛の双肩《そうけん》をうちのめす。

一門のさだめという重みをもって。

「わが殿。殿は、おひとりではありませぬ」

盛国は声音をあかるく保ち、清盛に言いきかせた。

清盛はひとりではない。だが自分では役に立てぬ、と盛国は感じる。

一介の郎党の身では、できぬことがある。

それゆえ、屈託《くったく》は手放した。

「頼盛さまをお呼びいたしましょう。頼盛さまは、二心《ふたごころ》のないおかた。かならずや殿のお力になってくださるはず」

真冬の夜空に、薄氷《はくひょう》のような月がのぼっていた。

にぎりしめれば砕けそうな、儚《はかな》い月である。

うつくしいな、と頼盛は思う。

どれほど下界の人間どもが騒擾《そうじょう》をたくらもうとも、天の美はゆるがぬ。

三条の屋敷から馬で六波羅へ戻り、池殿には寄らずに直《じか》に泉殿へ入った。盛国が、深く礼をして頼盛を迎えた。母屋へ通された。

「おう、来たか。ヨリよ」

今宵も清盛は、悠然《ゆうぜん》と酒を飲んでいる。

悠然と、見える。

（だが西の山際《やまぎわ》へ沈んだあとの太陽が、どんなすがたをしているか、だれも知るまい）

目にうつるものはつねに真実のひとかけらでしかない。

清盛とむきあう円座《わろうだ》に腰をおろし、頼盛はじっと兄のすがたを見た。

「戦となりますか」

まっすぐに尋ねた。清盛はうなずいた。

「なるやもしれぬ」

「戦となれば、総大将として立つは重盛とわたしでしょう。兄上のご下命とあらば、いつでも務めます」

「敵はでかいぞ」

清盛がさらりと言った。

源義朝との戦となれば、源氏の本流と平家の本流が正面からうちあたることになる。保元の乱とは、まったく様相がちがうのだった。

「ですが重盛も言っていたとおり、義朝の手勢、大半は坂東にとどめおかれております。数も地の利も、われらが有利かと」

「むろん俺は、源義朝に敗れはせぬ。俺には才能と運があるからな。薄暗がりに頭をつきあわせて謀略に忙しい貴族どもも、おそろしくはない。濁《にご》り腐った朝廷の水でも、俺はうまく泳いでみせる。ヨリよ、俺はな、自分がすべてにおいて勝つことを知っているのだ」

「なれば、敵はどこに」

「俺だ。俺は俺に勝てぬ」

杯のなかを見つめて清盛は言った。

謎かけであろうか。

あるいは白河法皇の血の話か。

「兄上は勝てまする」

確信をもって頼盛は言った。

ふっと清盛は一笑をもらした。

「ヨリは変わらぬな」

「はい。変わろうと思っておりませぬ。――ときおり後白河上皇さまは、わたしに対し、兄上とおなじものであるかのようにふるまわれる。まるで見わけのつかぬものであるかのように。そしてわたしから兄上をとりあげようと画策なさるのです。しかしあのおかたは、いつ何時も、兄上とおなじではありませんでした」

「そうか。あのおかたが、そんなことをなさるか」

「ですので、平清盛をうらやんでいるのでは、とお尋ねしたことがあります。おかげで、きらわれましたが……」

「ふ、ふ、ふ」

真顔で頼盛が語ると、清盛はおのれの目頭をおさえて笑った。

「無茶をやる」

「あのおかたは、ふつうではない力をふるわれます。今様を歌って、その力で……」

頼盛は、語りながら、あることに気づいた。はっと息を呑んだ。

(涅槃《ねはん》とつながって……)

——歌も舞いも、神仏の遊び。

「兄上。ひとつ試したいことがあります。この戦について、神仏に問うてみたいのです。わたしに時間をくださりますか」

「好きにしてよい。おぬしを信じる」

提案した頼盛に、清盛は多くを問わなかった。

「なあ、頼盛よ」

ヨリ、ではなく、正統な呼びかたで、清盛が言った。

「おぬしは、優しく強い男だ。おれには得がたい、だいじな弟よ」

「突然、なにを言われる……」

頼盛は茫然《ぼうぜん》とした。

あまりの驚きで、心臓が大きく破れ鐘《わ》のように鳴った。

冷涼なまなざしで清盛がつづけた。

「どうして一度も、おれに楯突こうと思わなんだ」

「それは」

試されているのか？

疑われているのか？

頼盛は深い困惑につつまれた。

が、結局は本音を口にするしかなかった。

「わたしは、平清盛というおひとを、ずっと見てまいりました。万が一にも兄上の足をすくえると思うほど、わたしの目は節穴ではありません。それだけのことにござりましょう」

「手厳しい目だ。わが弟たちの期待には、こたえたいものだな」

清盛の言葉は、たしかに雄々《おお》しく勇敢な武士のものである。

いつのときも。

「兄上は……」

頼盛は嬉しさを覚えながらも、ぽつりと言った。

「ときどきは、一門の期待を無下になさってもよろしいのでは」

「そんなことを言うから、おぬしは変わりものと呼ばれる。それをためらわぬおぬしの性根《しょうね》は、だれより勇猛なのだ。さすがは、平忠盛の子よ」

「わたしは、こう言われたいのです。さすがは、平清盛の弟と」

「そうか。そうよな」

＊＊＊

ああ、わたしはまちがっているな、と頼盛は感じた。

ひとりの男として、誤っている。

その夜のうちに、ふたたび三条の屋敷まで、頼盛は馬をとばした。

迎えた祇王に、苦い面持ちで告げた。

「わたしのために舞ってはくれぬか」

「どうなさったのです。怖いお顔で」

頼盛のただならぬようすに、祇王は驚いて問う。

「今宵のわたしは、ただうつくしいものを、ただ愛《め》でるようには、そなたの歌を聴けぬやもしれぬ。それでも、よいだろうか」

「まあ。そんな前置きは、ばか正直というのです」

祇王があきれて言った。

「白拍子は、お召しがあれば、舞って歌うもの」

「すまぬ」

なぜ詫《わ》びるのか。

祇王を道具として使うからだ。

祇王の幸いとはいっさいかかわりなく、兄と一門とを救うためだけに利用しようとしているのだ。

(わたしは、それでもよいと思っている)

迷いはない。

ひどい男だ。

祇王が白拍子の装束をととのえ、鼓をもつ母とともに、頼盛のまえに戻ってきた。

「真昼の月の歌を、歌いますゆえ……」

勝ち気なくちびるで微笑み、言った。

「どうぞ、ご照覧あれ」

ほとけは常にいませども
現《うつつ》ならぬぞあはれなる
人の音せぬ暁《あかつき》に
ほのかに夢に見えたまふ

天と地をつなぐ声の、柔らかな曇り。
ほかにだれひとり踏み入れはせぬ神域を、小気味よくたどる足さばき。
真白な水干の袖をくるりと腕にからめ、祇王は鼓の一打を待つ。
祇王自身が、世のあらゆる音を操る法則と化す。
祇王自体が、発光する星となる。

(踏)
てのひらに愉悦《ゆえつ》をのせよ。
くるぶしに恍惚《こうこつ》を。
中指には官能を。

眦《まなじり》には悪を。
（踏――踏――踏――旋）
黄金《こがね》の雨よ、降れ。
桃源《とうげん》の郷《きょう》よ、あらわれよ。
頼盛が初めて聴いたときよりもさらに祇王の声はのびやかであり、艶《つや》やかである。
精彩に満ちた舞いは、京《みやこ》のいかなる白拍子にも劣るまい。
日本第一の白拍子……。
頼盛の胸には、等量の誇らしさと悲しみがうまれた。
日本第一の白拍子が、この世のだれにふさわしいかと、やはり考えてしまうのだ。
（いったい、この世のだれこそが）
――ざわら、ざわら、と、なにものかの気配が、頼盛のまわりにあつまっていた。
ひとではないものの気配が。
ふっと気づくと頼盛の隣に、なにものかが座っていた。
襤褸《ぼろ》を着た、裸足《はだし》の童子。
蜻蛉《とんぼ》の面をかぶった童子である。
「ここは、涅槃か」

頼盛はあきつに尋ねた。

鈍《にび》色の闇があたりを包んで、あきつ以外の影は見えない。

「釈尊《しゃくそん》の言う涅槃《ニルヴァーナ》とは違うが、似たようなものだ。ここはおれの結界だ」

あきつが答えた。

祇王の歌が、いまも遠くに響いている。

祇王の舞いを見ている頼盛と、あきつと出会っている頼盛は、それぞれの世に、それぞれ同時に存在するのだ。

「なあ、頼盛。おれと会うために白拍子の歌を利用したか。いい女は、妖異を呼びつけるための便利な道具ではないぞ」

あきつが言った。

「そうだ。すまぬな。わたしは、おまえと会いたかったのだ。あきつよ。おまえの名は、あきつしま——日本国の、なにかたいせつなところとつながっているのではないか」

「ああ。そうだとも」

「あきつよ。わが兄を助けてはくれぬか。それとも、平家一門はその恩寵《おんちょう》にはふさわしくないか」

「おれも清盛はきらいではない。義朝だって、ちょっと野蛮なやつだがきらいではない。だけど平氏も源氏も、武士も貴族も、おれをほうって、おれとかかわりのないところで、勝手に押しあいへしあいをするんだ」

「あきつは人殺しがきらいなのだな。だが、それが、われらの生業《なりわい》。ひとを殺《あや》める武芸によってのみ身を立てる、それが武士であろう。武士とは、なんだ。われら武士は、この世にうまれてはならなかったのか」

「うまれてならなかったものなんて、おれが決められやしない」

あきつは、悲しげに言った。

「おおいなる水の流れに浮いて消える泡のひとつひとつに、意味はあり、同時に、意味はない。無常とは、そういうことだ。おれは、水面に浮いては消えゆく泡を見送ることしかできぬのだ。すべては無価値であり、同時に、すべてはかけがえがない。頼盛よ。おれには後白河でさえ、とるにたらず、また愛しき泡沫《ほうまつ》なのだ」

「戦は、止められぬか。源氏と平家の戦は」

「止められぬ」

童子は頭《かぶり》をふった。

「そうか」

頼盛はひとつ息をついた。

「わかった。あきつよ、礼を言う」

「なんだ。もう諦めるのか。戦をして死ぬのか」

「諦めはせぬ。戦はする。死ぬかはわからぬ」

「めんどうくさいやつだなあ」

あきつがこまった声を出した。

頼盛は、首をかしげた。まさか、自分がそれを言われる羽目になるとは。

「めんどうくさいのか、わたしは。そんなつもりはないのだが」

「しかたがないなあ。頼盛よ。だいじなことを教えてやる。――神器《じんぎ》だ。内裏から、三種の神器を運びだすのだ」

「運びだす……」

どこへ？

頼盛は双眼《そうがん》をみひらいた。

稲妻のような震撼《しんかん》が、頼盛の背筋を撃った。

「六波羅へか！」

三

十二月二十五日、夜。

藤原尹明《ただあきら》という男が、内裏にて、ひそかな大仕事をおこなっている。

尹明の妻は平忠盛の孫である。清盛との縁は深かった。また、当初は信頼に味方したものの半ばで離反した公卿藤原惟方と、尹明は義兄弟であった。そちらの縁もあり、この大役は尹明のものとなった。

三条公教と、藤原惟方、そして平清盛が、今宵の企《くわだ》てをつくりあげた中心人物であった。

尹明は、昼のうちに内裏に牛車を寄せておいた。女房車に見せかけ、供のものはつけず、牛飼いだけを近くに配した。

夜更けになり、騒ぎがおこった。大内裏の東南、二条大路にて火があがったのだ。大内裏を警護する武士たちは、いっさんに火元へ駆けあつまった。この火事はむろん清盛の手のものが、わざと起こしたものである。

伊予内侍《いよのないし》、少輔内侍《しょうゆうのないし》というふたりの女官が、三種の神器のうち天叢雲剣《あまのむらくものつるぎ》と八《や》尺瓊勾玉《さかにのまがたま》を牛車——御車《ぎょしゃ》へ運びこんだ。八咫鏡《やたのかがみ》は、このとき運びだされていない。鏡のおさめられた櫃《ひつ》に手をのばした際、内裏を警護していた鎌田兵衛正清に見とがめられたのだという。

そして火事の騒ぎにまぎれ、尹明は二条天皇と中宮姝子《しゅし》を案内して、御車に乗せた。惟方がつきそい、御車を六波羅の方角へと出発させた。

多くの兵は火事に気をとられていたが、御車をあやしむものもあった。

「どなたの乗る車か」

行く手を阻《はば》む数人にそう問われ、惟方は平静を装った。

「女房の車であるぞ」

「なかを見せよ」

兵は松明《たいまつ》を手に、弓の筈《はず》で御車の簾《す》をかきあげた。

御車のなかで、御歳十七の二条天皇は、たいそう華やかな女装束をまとっていた。もとよりうつくしい顔容の持ち主であったので、輝かんばかりの上臈《じょうろう》の女房のすがたに見えた。

「ならばよい」

兵は離れ、簾はおろされた。惟方はなにげない顔で、牛飼いに命じ、御車を先へ進ませた。隠しきれぬ緊張に、かげに握った拳はぶるぶると震えた。

その間、尹明は内裏にのこり、琵琶《びわ》の玄象《げんじょう》、和琴《わごん》の鈴鹿《すずか》、笛、大刀契《だいとけい》、昼御座《ひのおまし》の太刀《たち》、殿上の椅子など、帝の手元にあるべき宝器をとりあつめた。それらを長櫃《ながひつ》に入れ、なにくわぬ顔で外へ運びだした。

帝の御車は、内裏北東に位置する上東門院《じょうとうもんいん》を出て、土御門《つちみかど》大路を東にむかった。

土御門大路と東洞院《ひがしとういん》大路の交叉する地点にて、平家の兵三百騎が御車をお迎えした。

左衛門佐《さえもんのすけ》重盛、三河守頼盛、大和守《やまとのかみ》教盛の兵である。

「六波羅まで供奉《ぐぶ》つかまつる」

かしこまって重盛が述べた。惟方はふかぶかと安堵の息をついた。

三百の兵はじつに物静かに、御車を警護して進んだ。

頼盛は馬上にて、ゆるやかな車輪のめぐりを見守った。

やがて、なにごともなく御車は六波羅の泉殿へとたどりついた。

こうして六波羅こそが、神器と帝のおわすところとなったのである。

――すなわち、あらたな内裏へと。

いっぽう、同日、三条公教は後白河上皇を訪ね、この二条天皇脱出計画を密告した。

後白河上皇の選択は、独特なものであった。

さらりと一本御書所を出て、六波羅とは真逆の方角に牛車をむかわせた。

仁和寺へ。

藤原信頼は、早々に、後白河上皇に見切られたのだった。

されど後白河上皇には、ここで平家にすべての命運を預けるつもりもない。

いちばん最後にのこった果実を拾うことが、後白河上皇のするべき仕事なのだ。

「六波羅が御所となりぬるぞ。馳せ参れ」

その報は、一夜のあいだに公卿貴族に触《ふ》れまわられた。ぞくぞくと、高位の貴族が帝の御前へ――六波羅へあつまった。

摂関家の藤原忠通と息子の基実《もとざね》も、深夜に六波羅にかけつけた。

関白である基実は藤原信頼と姻戚《いんせき》関係にあり、立場は微妙なものであった。貴族のうちには、摂関家の関与をあやぶむものもいた。

「関白がおこしとのこと。いかがいたすか」

三条公教は、あえて清盛に尋ねた。

清盛は堂々と笑んで、まわりを見渡した。

そこに漂う漠《ばく》とした不安を拭《ぬぐ》いさる、朗《ほが》らかな調子で答えた。

「こちらからお迎えせねばならぬところ、おいでいただけるとは、まことありがたき次第にございます」

この機知が平清盛の真骨頂である。

ひとことで、帝、関白、貴族を、あるべきかたちに束ねてしまった。

摂関家を訝《いぶか》しむこころを払拭され、貴族らはおちつきをとりもどした。

公教は、この瞬間、二条天皇方の勝利を確信した。

「もはや、信頼の降伏を待つのみである」

満足げに、公教は清盛に耳打ちした。

だが清盛はそう思わない。

曖昧に口元をゆるめてみせた。

はじめから、信頼などどうでもいいのだ。

「義朝は降伏いたしませぬぞ」

低い声で忠告した。

武門棟梁たる身には、戦しかないのだ。

義朝と等しく、清盛にも。

＊＊＊

十二月二十六日、早朝。

藤原信頼が気づいたときには、内裏はからっぽになっていた。

帝も、上皇も、不在であった。

紫宸殿《ししんでん》の真ん中で、信頼と、源義朝、院近臣の源師仲《もろなか》は、どこをめざしてよいかわからぬ目つきで茫然と立ちつくした。

「日本第一の不覚人《ふかくじん》であるおかたを恃《たの》みにしてしまった！」

義朝は荒々しく吐きだした。

むろん信頼のことを言っている。

信頼が後白河上皇を手元にひきとめられなかった時点で、すべては決したのだ。

仮の御所となった六波羅では詮議《せんぎ》がとりおこなわれ、すでに信頼らの討伐が定められている。

いまや平家は帝の官軍であり、義朝は賊軍の長であった。

「かくなれば六波羅を攻めるほかになし」

義朝はすばやく決断した。

長男悪源太《あくげんた》義平、次男朝長、三男頼朝にも戦支度を命じた。

信頼も、戦装束をまといはした。赤地の錦の直垂《ひたたれ》に、紫《むらさき》裾濃《すそご》の鎧、鍬形《くわがた》を打った白星の兜の緒をしめ、黄金《こがね》造りの太刀を佩《は》いた。非の打ちどころのない大将のすがたであった。しかし金覆輪《きんぷくりん》の鞍を置いた名馬にまたがる段になれば、ぶるぶると激しく足が震えるのだった。

源師仲は出陣せず、内裏に残っていた神器、八咫鏡を手にして逃亡した。神器を運んだのは、六波羅の兵によって討たれぬための工夫である。帝に献上し、謀叛人の咎《とが》をゆるしていただくための材料であった。戦ののちに師仲は六波羅へ出頭するが、赦《しゃ》免《めん》はかなわず、解官《げかん》のうえ下野国《しもつけのくに》へ配流《はいる》となった。

「やむなく兵を大内裏へ寄せるが、大内裏のなかで派手な喧嘩をするわけにはいかぬ」

清盛は、二手にわかれて大内裏に攻めいる将として、重盛と頼盛を立てた。ふたりを面前に呼び、戦略を伝えた。

「二千の兵を出す。なかばまでは源氏の連中につきあってやれ。徐々に退《しりぞ》くと見せかけて、義朝を六波羅へひきよせよ。おれは六波羅の手前に本陣を敷き、敵を討ちはたす」

「仰せのままに」

重盛は頰を上気させて言う。

「かしこまりました」

頼盛は平静だった。

そしてまた、自分以上に兄清盛が醒《さ》めきっていることを感じた。

すでに結末の見えている芝居のようなものであった。

しかし同時にそれは、数多《あまた》の殺しあいのうえに成りたつ、儚い幻なのだった。

「シゲは待賢門《たいけんもん》より攻めよ。家貞をそばにつける。よく爺の言うことを聞け」

「は」

「ヨリは郁芳門《いくほうもん》へ寄せよ。盛国をそばにつける。つまらぬ怪我はするなよ」

「はい」

「よし。首尾《しゅび》よくやれ」

清盛は薄い笑みをくちびるにのせた。

この日の清盛の装い、飾磨《しかま》の褐《かち》の直垂に、黒糸威《くろいとおどし》の鎧、黒羽の矢を箙《えびら》にさし、塗《ぬり》籠籐《ごめどう》の弓、黒塗りの太刀、熊皮の頬貫《つらぬき》——すべてが黒ずくめである。

兜《かぶと》だけは白銀《しろがね》で大鍬形を打ってある。黒一色のなかに白い輝きが映《は》えて、あまりにも大将軍にふさわしい。

（そうだ。兄上は、めでたきおかたになるのだな……）

ふと、頼盛はそう感じた。

この戦が終わったとき、平清盛は、ただひとり特別な武士になるのだ。

後白河上皇の思惑《おもわく》とはかかわりなく。

朝廷の魔物ともかかわりなく。

清盛自身の天稟《てんぴん》によって。

（日本第一の……めでたきおかたに）

こんなことを考えたら、また兄に叱《しか》られるであろうか。

平家の男であるならば、どこまでも、平清盛とおなじものであれと。

そうでなければ兄はさみしいのだと。

だがそれでも断じて、頼盛は、平清盛ではないのだ。

頑迷《がんめい》なほどに、つよく、つよく、頼盛はそう感じるのだ。

それはゆずりがたい信念でさえある。

(――わたしは、おなじ空にあって、見ていたいのだ。天頂にのぼる太陽を。――見ていたいのだ、祇王よ。そなたの舞いも。だからわたしは)

だから、と頼盛は思う。

いずれ自分は、祇王を手放すのだろう。


大気が刃《やいば》のように感じられる、ひどく寒い朝であった。

空はいちめん鉛《なまり》色に曇り、陽光のかけらも覗かぬ。

雪の気配が近い。

六波羅を出た軍は、粛々《しゆくしゆく》と大内裏めざして進んだ。

重盛の装束は、赤地の錦の直垂に、蝶の据金物をほどこした櫨《はじ》の匂いの鎧、龍頭《たつがしら》の兜、太刀は小烏丸。

頼盛の装束は、紺地の錦の直垂に、おなじく蝶をあしらった羊歯韋威《しだがわおどし》の鎧、三つ鍬形の兜、太刀は抜丸《ぬけまる》。

　重盛の兵一千がむかった待賢門と、頼盛の兵一千がむかった郁芳門は、いずれも大内裏の東、大宮大路に面している。

　大路に寄せた平家方が鬨《とき》の声を三度どよもせば、門のうちの源氏方も三度の鬨の声で応じた。

　待賢門には藤原信頼、郁芳門には源義朝と長男悪源太義平が待ちかまえていた。

　ただし、信頼にはもとより戦意というものがなかった。たやすく、待賢門の源氏方は陣容をくずした。

　兵の半数を大路に待機させておき、重盛はみずから五百の兵を率いて待賢門のなかへ攻めいった。

　その動きを見つけた悪源太義平が、すかさず馬のむきを変えた。たった十七騎の郎党をひきつれ、待賢門へむけて猛風のように大庭を駆けさせた。

「わが名を知らぬか。目にも見よ。左馬頭《さまのかみ》義朝の子、悪源太義平、生年十九である。櫨《はじ》の匂いの鎧に鴾毛《つきげ》の馬に乗りたるは、平氏嫡流、今日の大将、左衛門佐重盛に相違あるまいぞ。討ちとれ、ものども！」

　大音声で告げた義平の気魄《きはく》はすさまじく、重盛の五百騎が、みるみると押された。

重盛も屈しない。おのれの馬を前線へと押したてていき、ついには義平とじかに太刀をうちあて、一騎討ちの様相となった。

しかしまもなく義平勢の猛攻に兵がもたず、重盛勢は大路へと押しもどされた。

「重盛さま、一時退《ひ》かれませ！」

家人《けにん》の家貞が退路をつくり、促した。

「ならぬ。このようなかたちでは退けぬ！」

誇りたかい重盛は、大路に控えさせていた兵を投入し、自分も前線へ戻った。疲弊していない新手《あらて》の兵の力で、義平勢を門内へ押しこんだ。

大内裏の玉砂利《たまじゃり》が無数の蹄《ひづめ》に踏みあらされ、兵の骸《むくろ》がそこかしこに積みかさなる。

冷えきった空気の底、斬りきざまれた手足や臓物《ぞうもつ》に泡が立つ。

内裏紫宸殿の右近《うこん》の橘《たちばな》、左近《さこん》の桜さえ、多勢の血を浴びてゆゆしく穢《けが》された。

「左衛門佐重盛を討て！　ほかはよい、重盛の首級をとれ！」

悪源太義平の執念は尽きることがなかった。

源氏方は一群となって重盛ひとりを狙った。平家方の家人たちは重盛をとりまいて守りつつ、じわりと門外へ後退した。

「重盛さま、これでよいのです。いざ、六波羅へ」

家貞が囁《ささや》いた。

重盛方が二度の退却を見せたことで、義平方には弾《はず》みがついた。そのまま、重盛方を門外へ追撃した。

このとき、重盛の馬の胸先と腹に、ふかぶかと二本の矢が突き立った。射られた馬はもんどりうち、重盛を乗せたまま、間近の堀川《ほりかわ》へ落下した。堀川を流して運ばれる材木があった。重盛ともども、そのうえにころがった。

「重盛さま！」

平家郎党の与三左衛門尉景泰《よそうさえもんのじょうかげやす》がとっさに飛びだした。

源氏方の猛将鎌田兵衛正清が、堀川を馳せ渡って、いまにも重盛と組みあおうとしていた。

景泰は正清につかみかかって押さえつけたが、追いついた悪源太義平に背後より斬りつけられ、死んだ。

いまひとり、平家郎党の進藤《しんどう》左衛門尉が、おのれの馬を寄せ、重盛を鞍上《あんじょう》へとひきずりあげた。

「重盛さま、逃げのびてくださいませ」

自分は馬をとびおり、馬の轡《くつわ》を六波羅の方角へむかわせて鞭をくれた。重盛を乗せた馬はまっすぐに駆けだしていった。

進藤左衛門尉はその場に堂々と立ちはだかり、義平とさんざんに戦った。やがて義平の太刀に兜を激しくうたれて倒れ、正清の手によって首級をとられた。

このふたりの郎党の働きなくば、この戦にて重盛の生命はなかったといわれる。

いっぽう頼盛は、郁芳門において源義朝の軍勢と対峙しつつ、待賢門から重盛が退くときを見はからっていた。

窮鼠《きゆうそ》と化した義朝の攻勢は熾烈であり、正面より戦えば頼盛もあやうい。

頼盛はあえて自分のこころを、やる気のない状態に保った。

なまぬるい攻撃を仕掛け、敵が押してくれば数の力で押しかえす。ただそれだけの単調な戦を、一時《いっとき》（二時間）ばかりくりかえした。敵も味方も、頼盛を無能な将と思ったであろう。

（そのほうがよい）

いかにも敗走しそうな将であると、見くびられたほうがいいのだ。

じりじりと頼盛は自軍を後退させていった。義朝の兵は、待賢門から外へ、刻々とこぼれ出てきた。

「よし」

頼盛はつぶやいた。

こうして義朝らが大内裏の外へ出るのを待ちかまえ、べつの平家方の兵が西の門より大内裏へ突入し、なかから源氏方を閉めだしてしまう手筈《てはず》となっていた。

「みなのもの、疾《と》く退け！」

頼盛の号令に、平家方はすみやかに六波羅へ後退した。

それでも轟然《ごうぜん》と追ってくる義朝方に、頼盛の郎党らは決死の撤退戦をしいられた。

「頼盛さまをお通ししろ！　先へ、先へ！」

盛国が怒鳴った。

敵味方の交雑する大炊御門大路を、頼盛は馬をあやつってすりぬけ、六波羅をめざして駆けた。

ふと、おかしな音が鳴っていることに気づいた。

頼盛の兜が、かつかつと鳴っているのだ。

見れば、源氏方の雑兵《ぞうひょう》がひとり、徒歩《かち》でありながら、頼盛の馬の早足に遅れず走っている。

鎌田兵衛正清の下人《げにん》、八丁次郎《はっちょうじろう》という俊足自慢の男であった。

八丁次郎は熊手をかまえている。真っ赤な顔をゆがめてしゃにむに走りながら、熊手の先を頼盛の兜にひっかけようとしているのだった。かつかつと鳴るのは、そのぶつかる音であった。

（なんという……）

頼盛は一瞬、戦を忘れて笑いそうになった。

なりふりかまわぬ、こんなものも武士の戦であろうか。

（いや、笑うな。これは、ありのままの人間のすがたである）

八丁次郎の熊手が頼盛の鎧をとらえ、強力《ごうりき》で引く。頼盛の上体は、馬から落とされそうにゆらぐ。

頼盛は父忠盛の形見である名刀抜丸を、鞘からすらりとぬいた。熊手の柄を、ひとふりで斬った。

まっぷたつに熊手を斬られた八丁次郎は勢いよくその場で転んだ。頼盛は、兜に熊手の金具をひっかけたまま馬を走らせた。

（ああ。わたしはいま、ひとを斬らずにすんだな）

頼盛は新鮮な心地につつまれた。

ひとを斬らずに、熊手の柄を斬って終わる戦もあるのだ。

多くの武士が、それを知ることはあるまいが……。


宗清をはじめとした数名の郎党の馬が、懸命に頼盛に追いつき、六波羅までの護衛の役をつとめた。母池禅尼から、頼盛を守れと厳命されているのだ。

だが六波羅までの途上、四条大路のあたりに、予期されぬ軍勢があった。

平家の旗は赤。

源氏の旗は白。

どちらの旗もかかげぬ胡乱《うろん》な兵が、頼盛の前途に待ちかまえていた。

その数、三百はあるだろうか。

「頼盛さま、ご用心を」

宗清が血相を変えて、頼盛の馬の歩みを止めさせようとした。

頼盛は一瞬、考えた。

「――いや、好機である。おぬしらはここで待て」

そう言うと、家人たちをその場に置き去りにして、馬をまっすぐに走らせた。

大路にわだかまっている兵の中心人物とは、面識があった。

源頼政である。

源氏とはいえ頼政は、義朝ら河内《かわち》源氏とは一線を画する、摂津《せっつ》源氏。

義朝と足並みを揃える理由はすくなかった。

それでも義朝が信西を討ったところまでは、頼政も、義朝方に加わっている。

今日の戦でも義朝に味方すると思われていた。

その頼政が、こんなところにとどまっているとは。

「わたしは三河守頼盛である」

臆さず単騎で頼政軍に近寄り、頼盛は呼ばわった。

「兵庫頭《ひょうごのかみ》頼政どの、いかがなされた。よく見れば、強げなる兵の三百はあろうというに、大路に待ちぼうけではもったいない話である。すなわち、よほどの事情であろう。わたしが、力になれようか」

「よくぞ聞かれた」

威風堂々《いふうどうどう》、頼政が声音を返した。

頼政、このとき五十六歳。

若くはないが、筋骨逞《きんこつたくま》しく、文武両道に秀《ひい》でた男である。

「われ頼政は、けっして主上には弓をひかぬ。六波羅に参じて、主上をお護《まも》りしたく存ずる。しかれども、いまは合戦の最中。悪源太義平が六波羅に攻めいっているとも聞く。ここで六波羅にわが軍兵《ぐんぴょう》が参れば、前途を義平に阻まれ、敵味方も判然としなくなり、わが軍兵をも平家方の敵と見なされるやもしれぬ」

「あいわかった。わたしが兄清盛に話をとりつぎ、主上への忠心をお伝えいたそう。五条河原に兵を置き、待っておられよ。あの界隈《かいわい》なら合戦に巻きこまれはすまい。また、頼政どのが源氏方に加勢せずにいるすがたを遠目にでも五条河原に見いだせば、義朝や義平の軍勢も、ことの次第を知り、士気を落とす。いずれにも好都合である」

「まことにありがたい」

頼政が雄々しく一礼した。

（――この戦、勝った）

頼盛は確信した。

手練《てだ》れ揃いと評判の頼政勢を、合戦の頭数からとりのぞいたのだ。

頼政も頼盛も、双方、ひとりの兵も失っていない。戦のなかでまみえながら、だれも殺さず一滴の血も流していない。

しかしいま、頼盛の政治手腕を褒めるものは、ここにはいない。

合戦をめんどうくさがったと、味方からも思われるであろう。それでいい。

兄清盛ならば、この交渉の意味を理解するにちがいない。

それでじゅうぶんだ。

ひらひらと、花弁のように、透明な粉雪が天より舞いおりはじめた。

＊　＊　＊

義朝たちは、平家の兵によって大内裏から閉めだされるかたちとなり、もはや六波羅へひた走るしかなかった。

藤原信頼は、大内裏から駆けだすと、六波羅へはむかわなかった。温情を求め、仁和寺の後白河上皇のもとへと遁げた。

しかし後白河上皇は信頼を庇《かば》いだてしなかった。清盛の弟経盛が仁和寺へと馳せ参じ、信頼を捕縛した。戦の翌日、十二月二十七日に、信頼は六条河原にて斬首される。

ひとたび権勢の頂点を握った公卿が、即刻の死罪に処されたのは異例のことである。おそらく朝廷の魔物どもにとっては、信頼が生きていては都合がわるかったのだ。この一連の騒擾そのものでだれが敗北したのか、それゆえに頼盛にはわからぬ。

義朝は、息子たちや側近の郎党とともに六波羅へ突きすすんだが、頼政のように「帝に弓はひくまい」として離反したものは多く、義朝の手元にのこる兵の数はまったく足りなかった。

六波羅のまえには垣楯《かいだて》がならんだ。

ぶあつく陣をかまえた平家の郎党が、押しよせる源氏方を迎撃した。

「父上、頼政の軍兵があのようなところに」

五条河原にたたずむ頼政をみつけ、悪源太義平が歯がみをした。

義朝の軍勢は、二十余騎にまで減っていた。

「六波羅の口をあけさせよ。寄せよ、ものども」

猛々しく義朝が下知し、源氏方はみな一騎当千の奮戦を見せた。

とはいえ源氏方は、朝からたゆまず戦いつづけており疲弊を隠せない。

平家方は、陣の前列の兵が疲れれば後列の新手の兵と入れかえ、源氏方につけいる隙を与えなかった。

さらに清盛は、軍兵の一部を北に進ませ、背後より義朝を挟み討ちにする策をとった。

「頭殿《こうのとの》、敵の軍勢が北へ！」

義朝の忠臣、鎌田兵衛正清が気づいて声を放った。

「このままでは囲まれまするぞ。ここは撤退なさいませ」

「なにを言うか。どこへ遁げよと言うのか！　ひとりでも多く巻き添えに、討ち死にするまでである」

「なりませぬ。坂東には頭殿を待つ兵がおります。御大将がたやすく生命をお捨てになってはなりませぬ！」

正清はみずからの馬からとびおり、義朝の馬の轡《くつわ》をもって、西へと促した。

その義朝をとりかこんで護衛しながら、源氏方の兵はいっせいに敗走の途についた。

「逃すな。追撃せよ、とどめをさせ！」

号令をかけて馬を駆けださせたのは、重盛である。

「貞能らにまかせよ。重盛はゆくな。御所をかためよ」

清盛が制した。

残数わずかとはいえ、源氏方のしぶとき闘志は、舐めてはかかれないものであった。

「逆賊討伐に力を貸したものには褒美をやるとふれまわっておけば、民草《たみくさ》の口はかるい。見つけやすくなる」

頼盛は重盛と馬をならべ、ほとんど独白として、そうつぶやいた。

聞きつけた重盛が、いささか傷ついたように顔をしかめた。

「この重盛、拙速《せっそく》にございましたか」

「いや。すまぬな、差しでた口を」

迂闊《うかつ》であった、と頼盛は自省した。

よぶんな知略は、兄の助けとなるときにだけ使えばよい。

（――あきつよ、見ているか）

雪が舞う。

京の大路に、人馬の屍《しかばね》が累々《るいるい》ところがっている。

だれがどのように華々しき名乗りをあげようと、いかなる豪奢な装束をまとおうと、死してしまえばなんの区別もなかった。たんなる死者の山積だけが、そこにあった。

虚《むな》しき静寂《しじま》に、雪が舞う。

あの仮面の童子が悲しんだのではないかと頼盛は思った。

おまえもひとを殺すのか、と。

たくさん殺すのか、と。

(殺したとも。わたしは武士であるから)

けれど、あきつの気配はどこにも感じられはしなかった。

(そうか。わたしに用はないか。ならば、いい。もう、いいのだ)

胸のうちにさみしさはあったが、頼盛はあきつに別れを告げた。

勢いを増す雪のなか、落ちのびてゆく源義朝と、その息子たちの行く手は、険しいものであろう。

(あきつよ。わたしは義朝も、その息子たちも、見つけだして殺すにちがいない。それが、わが兄のために必要なことだからだ)

わたしはかんたんな人間だ、と頼盛は思った。

うつくしいかどうかは、わからぬ。

白い鷺のようにうつくしいかどうかは、もうわからぬ。

けれど、生きてゆくであろう。

この世に、平清盛という日輪が輝くかぎり。

終章

平家《へいけ》滅亡――われは真昼の月なれば

一

「父上。これが鎌倉の海にございますな。綺麗《きれい》な海です！」

由比ヶ浜のはてを指さし、馬上にある平為盛が言った。

頼盛の次男である。二十四歳。

「田舎《いなか》の海の匂いがする」

そう評したのが、長男保盛である。二十七歳。

頼盛は五十一歳になった。

——寿永二年（一一八三）、十一月。

頼盛は息子たちとすくない郎党《ろうとう》を率いて、鎌倉にたどりついた。

源氏と平家の戦はいまもつづいている。

平家にあらずばひとにあらず、と囃《はや》された時代もあった。

されど反平家の火種《ひだね》はこの国のそこかしこにひそんでいた。

治承四年（一一八〇）、後白河法皇の第三皇子、以仁王《もちひとおう》が、諸国にむけて平家追討の令旨《りょうじ》を発した。この以仁王に同心して挙兵し、戦死したのが源頼政である。また、以仁王をひそかに後援したのは八条院であった。

以仁王の挙兵は失敗したが、令旨は、伊豆で流人《るにん》としてすごしていた源頼朝のもとにも届いた。頼朝は挙兵し、やがて坂東の武家をつぎつぎと掌中に束ねた。

いっぽうで信濃《しなの》から挙兵した木曾義仲が京《みやこ》をめざして猛攻をかけ、平家棟梁《とうりょう》たる平宗盛――平清盛三男である――は、今年七月、ついに西国への一族都落ちをえらんだ。平家一門は六波羅の邸宅を焼き、西へと落ちのびていった。

このとき頼盛は義仲迎撃のため山科《やましな》に出兵していた。にもかかわらず、宗盛より、都落ちのしらせが届かなかった。一門みな慌《あわ》てふためいて六波羅をあとにしたため、頼盛の存在は忘れられたのか。

息子の為盛は怒って宗盛を追いかけ、ことの次第を問いただしたが、確たる説明は得られなかった。

（わたしらしい）

頼盛はそう思った。

一族のなかでつねに異物でありつづけた頼盛には、これが必然であったのかもしれぬ。

頼盛は結局、一門の都落ちには同行しなかった。

六波羅の池殿も焼失していた。頼盛は、八条院に庇護《ひご》を求めた。

その八条院を通じて、ぜひとも鎌倉へ、と招いたのが、東国の覇者、源頼朝であった。

伊豆へ流されたときにはたった十四歳だった源頼朝が……。

あの平治の乱から長い時間が流れた。

重盛も、基盛も、若くして病《やまい》で死んだ。

そしていまから二年前、治承《じしょう》五年（一一八一）閏《うるう》二月、平清盛も死んだ。

享年六十四。

急な熱病であった。

没した場所は、九条《くじょう》河原口、平盛国の屋敷である。

ひとは死ぬ。娘を入内《じゅだい》させ、安徳《あんとく》天皇を授かり、帝《みかど》の祖父としてこの国の政《まつりごと》を一手に握った。後白河法皇の権力をすら封じこめ、この世にならぶものなき栄耀栄華《えいようえいが》を一身にあつめた。そんな平清盛であっても、死ぬのだ。

だから頼盛には、すでに戦う理由がないのだった。

死を悟った清盛は、亡くなる間際《まぎわ》、一族のものに言い残した。

「わが死後に、仏道も塔もいらぬ。頼朝の首級《くび》を刎《は》ね、墓前にそなえよ。それこそが供養である」

宗盛らは清盛のこの遺言を堅持し、源氏方との和睦をえらぼうとしない。そんななか、源頼朝の招聘《しょうへい》に応じる頼盛は、不忠者と謗《そし》られるであろう。

だが、もうよい。


「頼盛さま。またお目にかかれましたな」

梶原景時が言った。

慇懃《いんぎん》な態度は昔と変わらない。それでも、再会を懐かしむこころは隠れず口元にこぼれた。たがいに数奇な年月を経ての邂逅《かいこう》である。

かつては平家の家人《けにん》として頼盛と対面した梶原景時だが、いまは源氏方にある。頼朝にあつく信任されており、一の家臣と呼ばれる。

景時は、鎌倉の大倉《おおくら》御所で、頼盛を迎えた。

大倉御所とは、鶴岡八幡宮《つるがおかはちまんぐう》の間近に造営されたばかりの頼朝の居館である。また、軍事や政のための施設をも兼ねていた。

華美に飾ってはいない。しかし京育ちの頼朝らしく、鶴岡八幡宮をふくめて四神相《ししんそう》応《おう》の立地にこだわっている。清新な白木《しらき》をいかした寝殿造りである。

「八条院さまから、このたびわれらを鎌倉へ逃げのびさせるにあたり、梶原どのにご腐心いただいた旨《むね》、よくようかがっている。礼を申しのべる」

「それは異なことにござります。右兵衛佐頼朝どのは、二十三年前、池禅尼さまのお口添えのおかげで生命を存《なが》えられたご恩を、けっしてお忘れになっておりません。そのご子息の頼盛さまをお救いするも当然のこと」

景時はなにげないふうに言った。池禅尼の口添えだと。

そうであったろうか。

頼盛は考えた。

ちがう。兄が生かしたのだ。

――なぜか、清盛が、頼朝を生かしたのだ。

だからこそ清盛は、最期がせまったとき、頼朝の首を刎ねよと言いのこした。

兄自身のこころの迷いを悔いたのだ。

「こちらへ」

景時が先導して、奥の間へと、頼盛たちをいざなった。

頼盛が同行させたのは、息子ふたりと郎党ふたりである。

奥の大広間に、源頼朝が座していた。五十人の郎党を背後に控えさせていた。

頼盛の装い、唐綾《からあや》の直垂《ひたたれ》に、立烏帽子《たてえぼし》。

頼朝の装い、白糸葛《しらいとくず》の水干《すいかん》に、立烏帽子。

源頼朝は、このとき三十七歳になっている。

けれど昔のままだ、と頼盛は感じた。

六波羅の泉殿で、十四歳の頼朝と言葉をかわしたときの、その印象があざやかによみがえった。なにも相違なかった。一見柔弱《にゆうじやく》でありながら、はてなき矜持《きようじ》と犀利《さいり》さを目元にうかがわせる人物。

(家盛の兄上に似ているだろうか)

わからない。

いまや、頼盛には、わからない。

こころの底にしまった家盛の面影も、この年月のあいだに、自分のつごうのよい色に染めかえてしまっていないか。

頼朝はくちびるに微笑《ほほえ》みをのせて、頼盛と対峙《たいじ》した。

そして、みるみる両眼から透明な涙を流した。

「お目にかかりたくございました。わが生命の恩人であるあなたさまを、わが父とも思い、もてなしたく存じます。どうかこの鎌倉で、ご安心におくつろぎください」

「右兵衛佐」

頼盛はたじろいだ。

「わたしは、自分ごときが、そなたを救えたとは思っていない。過分な言葉である」

「そうでしょうか。ではなにが、この身を生かしたもうたのでしょうか」

「神仏の加護ではないか」

「あなたさまはわたしに、経文《きようもん》を読むばかりでは飽《あ》いてしまう、と仰《おお》せになったではありませんか」

頼朝が言った。

よく憶《おぼ》えているものだ。

やむなく、頼盛はほんとうのことを言った。

「あのとき、そなたを生かしたは、わたしでも母でもない。後白河法皇さまでもなく八条院さまでもない。わが兄、清盛である」

「なぜ、あのおかたが、わたしを」

頼朝の漆黒《しつこく》の瞳が、じっと頼盛を見つめた。

「わからぬ」

頼盛はゆるく頭《かぶり》をふった。

「いまとなっては、知るすべもない。……ただ、わたしの考えは、こうである。あのとき、わたしが見たものは……兄というひとりの人間の、ささやかな、理屈にあわぬ、人間じみたこころであったと」

それは兄の策謀でもなく、油断でもなく……。

かんたんなこころの作用であったろう。

家盛と似ている源頼朝を前にして。

（わたしたちは家盛の兄上とともに生きたかった。ただ、ふつうに、兄として弟としてあたりまえに、すごしたかったのだ）

清盛は、結局だれとも、ふつうの兄弟ではいられなかった。

父忠盛の子となるために。

そう思うと頼盛はせつなくてたまらなくなった。

こらえられず涙がこぼれた。

「すまぬ。そなたにとっては、兄もわたしも親兄弟の仇《かたき》である。言い訳をするべきではないのだ。しかし兄清盛とて、こころを持たぬ鬼ではなかった」

「わかっております」

やわらかく、かつ確乎《かっこ》として、頼朝が答えた。

「われらは武士ではありませぬか」

すでに頼朝の手も多くの血に濡れている。

それゆえに、源氏棟梁である頼朝には、頼盛の告げたいことがつたわるようだった。

天下をたいらげた清盛であっても、おのれの正体から自由ではなかったと。

＊　＊　＊

「これは死ぬな」

二年前、病床の兄を頼盛が見舞ったとき、清盛は観念したようにそう言った。

「なにを仰《おつしや》いますか。兄上は天運尽きぬおかたです」

頼盛はそう返したが、あまり多くの言葉を紡《つむ》げなかった。多くを語れば嘘があらわになる。

かたときも冷めぬ高熱に灼《や》かれ、兄の顔には死相が浮かんでいた。

「口惜《くちお》しい……なにもかも口惜しい。すべては途上なのだ。おれが死ねば、後白河はまた踊りだすであろう。宗盛の手には負えぬ」

　口惜しい、と清盛はくりかえすのだった。

　父忠盛の死に際とおなじであった。

「兄上。宗盛は若いですが、平家一門は一枚の岩。わたしも宗盛につき従います」

　頼盛が実直に告げると、ひらと清盛は片手をふってみせた。

「おぬしはもうよい」

「……もうよい、とは？」

　頼盛は虚をつかれた。

「ヨリよ。おれはおぬしに何十年もよりかかって生きてしまった。わるいことをしたと思うているのだ」

「おやめください。そのようなお話はなさらず、お元気になってください」

　にわかに動揺し、頼盛は声をうわずらせた。

　幼子が地団駄《じだんだ》を踏むように、どうにか目前の景色を塗りかえられぬかと願った。

「いくつか喧嘩《けんか》もしたな。おぬしを試す真似もした」

「そのようなこと、わたしは忘れました」

「祇王にも、わるいことをした」

両の瞼《まぶた》をとじて清盛がつぶやいた。

日本《ひのもと》第一の白拍子《しらびょうし》。

清盛がこの世の覇者となったならば、祇王が清盛の掌中《しょうちゅう》の珠《たま》となるのは、水が天から地へながれるのと等しく、あたりまえのことであった。

であるから、清盛が祇王を求めたときには、頼盛は迷わなかった。祇王を兄に譲りわたした。

祇王は名実ともに、まことの日本第一の白拍子として、清盛のもとで舞った。

正しい選択であった、と頼盛はいまでも思っている。祇王にとってももっとも善《よ》い舞台であったろうとも思っている。

だが、祇王がさんざんに泣いたことも憶えている。

無情であるとなじられ、責められた。

わるいことをした、という清盛の言が、頼盛の胸にもひどくしみいる。

いずれにせよ、祇王はもう清盛のもとにはいない。

出家して、奥嵯峨《おくさが》の往生院《おうじょういん》という寺に入った。

（けれど、兄上。あれは――女という生き物なのです。女とは、われらには想像もつかぬほど、勁《つよ》きもの）

頼盛は、そのことを兄にすら言わずに生きてきた。

――清盛のもとへ行くまえに、祇王が頼盛の子を産んだことを。

男子であった。

白拍子の子とは明かさず、頼盛の側室の子として育てた。

それが次男の為盛である。

「兄上。わたしは不幸ではありません」

頼盛は微笑んで告げた。

幾粒も涙がこぼれては、清盛の枕頭《ちんとう》に落ちていった。

「おもしろい人生を生きてまいりました」

「そうか」

ふふ、と清盛が低く笑った。

二

寿永三年（一一八四）一月、木曾義仲が討たれて死んだ。

京に入り、一時は朝廷の守護者としてふるまった義仲だったが、皇位継承者をおのれで定めようとしたことなど、朝廷における無邪気すぎるふるまいが、後白河法皇を筆頭とした皇族公卿《くぎょう》の不興をかった。

後白河法皇は鎌倉の源頼朝を第一の官軍として認め、木曾義仲討伐を命じた。

京では法住寺《ほうじゅうじ》合戦が勃発し、義仲は後白河法皇を幽閉する。

鎌倉より派遣された頼朝の弟たち——源義経《よしつね》と源範頼《のりより》が、義仲を討ちとった。

これにより源氏方の頭目《とうもく》は、名実ともに、源頼朝ひとりとなる。

頼朝の敵は、西国に展開した平家方の大軍に絞られた。


元暦《げんりゃく》二年（一一八五）三月。

壇《だん》ノ浦《うら》の合戦で、すべては決した。

平家一門の軍兵《ぐんぴょう》と、源義経および源範頼の軍兵が、長門国《ながとのくに》壇ノ浦にてぶつかりあった。

源氏方の舟は八百四十艘。

平家方の舟は五百艘。

海戦は得手《えて》とする平家方である。潮流を読み、有利にことをはこんだ。

しかし源義経の独創的な戦術に翻弄《ほんろう》され、潮目《しおめ》が変わるまでに戦《いくさ》を終わらせることができなかった。

たちまち潮流は不利なものとなり、平家方は壊滅的な被害をうける。

敗北が歴然となったとき、平家方のひとびとは、老若男女《ろうにゃくなんにょ》をとわず、舟から海へと身を投げた。

御年八歳の安徳天皇を抱いた二位尼《にいのあま》——清盛の妻時子である——は、「波の下にも都がございまするぞ」と帝に言いきかせた。そして、三種の神器《じんぎ》のうち、天叢雲剣《あまのむらくものつるぎ》と八尺瓊勾玉《やさかにのまがたま》を手に、いさぎよく入水《じゅすい》し果てた。

八咫鏡《やたのかがみ》も海に入るところであったが、あやうく源氏方の兵がくいとめた。

「神器《じんぎ》だけは失ってはならぬ」

義経は懸命に神器をさがさせた。

神璽《しんじ》——八尺瓊勾玉は、奇蹟的に発見された。

宝剣——天叢雲剣は、海深く沈んだのか、どこにも見つけることはできなかった。

二位尼のほか、平家のものたちは、この戦でほとんどが死に、のこりは捕縛された。

知盛《とももり》、教盛、経盛、有盛《ありもり》、教経《のりつね》は、入水。

宗盛、清宗《きよむね》、時忠《ときただ》、時実《ときざね》は、捕縛。

盛国は、捕らえられたのち、ひたすら法華経《ほけきよう》をとなえ、食物も水もいっさい口にせず餓死をえらんだ。清盛への忠義に徹する盛国らしい最期であった。源頼朝はこの逸話を聞き、盛国を称賛したという。

そんななか、頼盛だけは鎌倉から京にもどり、八条の屋敷で淡々と生きていた。後白河法皇や八条院への仲介役として、頼盛は、鎌倉にいる源頼朝にとって有用な人物であった。

――一門すべて死んだというのに、ひとり生きたいか。

かつて重盛が源頼朝にぶつけた問いが、いまになって頼盛のまわりに反響する。

事実、朝廷には、法住寺合戦をも戦わず壇ノ浦にも赴《おもむ》かぬ頼盛の、怯懦《きようだ》とも卑劣とも見えるありように眉をひそめるものもあった。

（わたしは生きのびたいのか。……それはわからぬ）

日輪はもう天にない。

となれば、月はもう輝かぬ。

ただ、と頼盛は思う。

(あきつよ。おぬしはあきつしまだと言ったな。おぬしは、神器のひとつ、天叢雲剣だったのではないか。すなわち、この国のこころそのものだったのではないか)

だからこそ、三種の神器を六波羅へはこぶことの意味を、あきつは知っていたのではないか。

こじつけやもしれぬが、頼盛はそう思うのだ。

あの童子は、平家一門とともに海に沈み、無常の運命に身を添わせてくれたのではないかと。

(あきつよ。ならば、わたしはおぬしに祈らねばならぬ。波の下の都の幸いを……)

ほどなくして五月、頼盛は出家し、法名を重蓮《じゅうれん》とした。

＊　＊　＊

文治《ぶんじ》二年(一一八六)八月。

鎌倉の源頼朝が、歌人西行と出会っている。

その日、頼朝が供のものをつれて鶴岡八幡宮を詣《もう》でると、ひとりの老僧のすがたが境内《けいだい》にあった。頼朝は、なぜかその僧に興味をひかれた。一介の僧とは異なる、武芸者の気配を感じたのかもしれぬ。

あなたの名は、と僧に尋《たず》ねた。

「旧《ふる》き名は、佐藤義清と申しまする」

老僧は、とくにかしこまることもなく、不躾《ぶしつけ》なほどに平坦な態度で答えた。

「――西行どの！」

このときの頼朝の心地は、京で育ったころの、少年のものに返っていた。

和歌を愛する雅《みやび》やかなものたちは、鎌倉にはすくなかった。

頼朝にとって西行は、もっともうつくしい京の香りであった。

そしてまた、北面《ほくめん》の武士佐藤義清は、弓箭《ゆみや》をとるものにとって、純粋に憧《あこが》れるべき対象であった。

「どうか大倉の館へおこしください」

頼朝はつよく請《こ》うて、西行を大倉御所へと招いた。その晩に酒宴でもてなし、さまざまなことを聞こうとした。

「弓馬のこと、和歌のこと、いずれもその神髄《しんずい》をおうかがいしたく存じます」

「さて。弓は棄《す》てて久しく、なにもお話しできるようなことは……」

西行は首をかしげてみせ、つまらなそうに答えた。

「歌は、花や月にこころ動きますればわずかに三十一字にこしらえるのみ。これといった奥義はございませぬ」

木で鼻をくくるような西行の返事に、同席した郎党は鼻白《はなじろ》んだ。頼朝はあきらめず、さらに質問を重ねた。ぽつぽつと西行が弓馬のことを語りだせば、その内容を郎党に命じて書きのこさせた。

「西行どのは、これからどこへむかわれるのですか」

「奥羽へと……東大寺《とうだいじ》再建の勧進《かんじん》にまいります」

「勧進に。ではわたしも、いささかなりと寄進《きしん》いたしましょう」

「かたじけなく存じまする」

西行は礼をのべる。それでも喜色は見せなかった。この御坊《ごぼう》はいったいなんのために鎌倉に来たのか、と頼朝の側近たちは訝《いぶか》しんだ。

「西行どのは、平清盛さまのご友人とうかがっております」

頼朝がきりこんだ。

「清盛さまは、どのようなおかたでしたか」

「……あれは、愚かな男です」

西行がつぶやいた。

「世のものはあれを天下一の誉《ほま》れ人《びと》とも褒《ほ》めそやし、傲《おご》りたかぶった悪逆《あくぎゃく》の徒《と》とも誹《そし》りまするが、拙僧にとっては、どちらでもございませぬ。おのれの業《ごう》に縛られた、愚かな男にございます」

「業とは？」

頼朝が問うた。

「魂のうちの——棄てて棄てえぬものを、業と申します。それは愚かしさであり、あるいは、ときにより愛《かな》しきものであるかと」

西行は微量の慈悲の色を、その老いた頬《ほお》にあらわした。

「あなたさまも、そうではありませぬか」

「ええ」

頼朝は首肯《しゅこう》した。

「わたしも業にさからえぬ、愚かな人間にございます」

「ご無礼を申しあげました」

「いいえ。西行どの、お目にかかれて幸甚《こうじん》にございました」

翌日も頼朝は、つよく西行を鎌倉にひきとめた。よほど西行に惹《ひ》かれるものがあったようである。固辞して、西行は大倉御所をあとにした。

頼朝は土産《みやげ》として、銀でできた猫を西行に与えた。西行は猫をうけとりはしたが、御所の門外にいた子供にそれをくれてやったという。

三

頼盛の晩年――八条の屋敷に、かの後白河法皇が御幸《ごこう》したことがあった。

屋敷の桟敷《さじき》より、春日《かすが》神社に詣でる摂政藤原基通《もとみち》の華やかな行列を見物したのだ。

「権大納言《ごんだいなごん》よ。頼盛よ」

美酒を手に世を睥睨《へいげい》する後白河法皇の横顔は、いまもってなお若々しく尖鋭《せんえい》であった。

「そなたは、長生きせぬであろうな」

唐突な宣告であったが、後白河法皇には見透かされているのだと頼盛は感じた。

おのれの魂は尽きてしまっている。

生きる理由が。

「いまが余生と思うております」

「わしはすこし長く生きすぎたやもしれぬ」

皮肉にくちびるをゆがめて後白河法皇が言った。

「しかし、まだ、歌わねばならぬ。まだ、遊ばねばならぬ」

「まだ、戦っておいでなのですか」

頼盛は感慨をこめて言った。

源氏と平家をぶつけあい、木曾義仲と源頼朝をぶつけあい、そしてこれからは源義経と源頼朝をぶつけあって、この「大天狗《おおてんぐ》」は生きのびてゆく。

「さだめに抗《あらが》うは、清盛ひとりの業ではあるまい」

後白河法皇は、遠い来《こ》し方《かた》をふりかえる面持《おもも》ちでつぶやいた。


平頼盛が死んだのは、文治二年六月のことである。

五十四歳であった。

年のかわりめのころから病にとりつかれ、八条の屋敷で寝つく日々がつづいた。

いつ死のうとも大差はないと考えていたので、その晩、枕元に仮面の童子があらわれたとき、頼盛はむしろ安堵《あんど》をした。

「ずいぶん遅いではないか。あきつよ」

「そうか。おれを待っていたのか」

　あきつは喜ぶような、惜しむような、どちらともつかぬ声を出した。

「なあ。頼盛よ。戦がつづいているのだ。後白河は義仲を弄《もてあそ》んで捨てた。今度は義経が弄ばれ、勘違いをする番だ。頼朝は義経を討つ。これからも、ひとは死に、国は荒れる。ずっと、ずっと、終わりはしない」

「そうか。そうであろうな」

「それでもおまえは、このときに生きてよかったと思うか」

「あたりまえではないか」

　頼盛はあきれ、笑った。

「すべては無常であり、すべては愛おしいのだと、おぬしがわたしに教えたではないか」

「ああ。そうだとも。だけどなあ、頼盛よ。みんな、おれを置いて死んでいってしまう」

「すまぬ。あきつよ。泣いているのか」

　仮面の裏の童子の顔はわからぬ。

いくらあきつが泣こうと、だれにも見えはせぬのだ。

この童子は、だから仮面をかぶっているのにちがいない。

「頼盛はどこへ行きたいか。海の下の都か、天のかなたの浄土《じょうど》か」

あきつが尋ねた。

知っているであろうのに、と頼盛は思う。

こころから祈り、答えた。

「日輪の輝く空へ」


危篤《きとく》の報を聞き、祇王御前が八条の屋敷を訪れたときには、頼盛はすでに世を去ったあとだった。

祇王ははるか昔、栄華の絶頂にある平清盛のもとから放逐《ほうちく》され、出家をして尼となった。

日本第一の白拍子であったのは、短いあいだのことだ。

祇王を凌駕《りょうが》する名手の白拍子があらわれ、清盛にとって祇王は無用のものとなった。

なにもかも、盛者必衰《じょうしゃひっすい》の理《ことわり》――。
いまはもう、頼盛の好きだった歌を舞ってみせることはできない。
それでも、と祇王は思うのだ。
(現《うつつ》ならぬぞ)
人の音せぬ暁《あかつき》に、ふと仏性《ぶっしょう》とめぐりあえるように。
真昼の月に目をこらせば、いまもなお、たいせつなものを見出《みいだ》せるであろう。
盛者とならずに生きた男の、不変のこころを。
「あなたがたは……どなたさまもみな、わたくしを待ってはくださりませぬ」
この世の男たちは、だれも。
ふりかえって足を止めてはくれぬ。
すぎゆくばかりである。
頼盛の亡骸《なきがら》のまえで、祇王は笑い、泣いた。
けれども、涙を拭《ぬぐ》い、胸をはった。
そして口ずさんだ。
忘れられぬあの歌を。
「ほのかに、夢に見えたまふ……」

ほとけも昔は鬼なりき

平安の世も末のことである。

みやこの北のはずれ、鞍馬山《くらまやま》に、小鬼《こおに》が棲《す》んでいた。

いつからそこにいるのかは小鬼自身にもわからない。

たいていは古い杉の大木のうえにのぼり、さやさや揺れる葉陰《はかげ》から、木の根道をすぎゆくひとびとを眺《なが》めていた。

鞍馬の本殿のあたりはいさましき天狗《てんぐ》の軍勢の縄張りであったから、小鬼はもっぱら、貴船《きふね》のお社《やしろ》のほうを見まわるのが常だった。

小鬼はひとりぼっちだったが、こまりはしなかった。湧き水はたえぬし、腹が減ったなら供《そな》え物の餅《もち》などを盗んで食えばよかった。

貴船のお社の中宮《なかみや》には、女人《にょにん》の参詣《さんけい》が多かった。

結社《ゆいのやしろ》とも呼ばれる、縁結びの宮だ。

ものおもへば沢の螢《ほたる》もわが身より

あくがれいづる魂《たま》かとぞみる

和泉式部《いずみしきぶ》が貴船にて詠《よ》んだ歌である。

霊験《れいげん》あらたかなりて、ねらった男と再縁叶《かな》ったのだとか。

評判は評判を呼んだ。

やんごとなき姫が豪奢《ごうしゃ》な輿《こし》にゆられてくることもあった。

市女笠《いちめがさ》をかぶり、杖《つえ》をつき、ようよう山道を登りくる娘もいた。

良縁や復縁を天に祈る女が、ひとの世にはたいそういるものだ。

意中の男に、牙をむきだし畢生《ひっせい》の覚悟でくらいつく女たちは、みなすさまじい形相《ぎょうそう》である。

こんこんと積みかさなる無窮《むきゅう》の執念の威勢には、小鬼はすっかりまいってしまう。

なかには、おのれの縁を願うばかりでなく、ひとの縁を呪うものもあった。

そんなことをしたならば、とたん、どろっと粘る黒雲がその身に吸いつき腐臭をはなつのだが、当人は気づかない。

小鬼は、なんだか自分はちっぽけな鬼だな、と思うのだった。

猛《たけ》き鬼は、たおやかな女人の顔をして、みやこにあふれている。

みやこはこわい。
山に棲むのがいちばんよい。

＊　＊　＊

それなのにある日、小鬼はみやこへおりようと決めた。
わけがある。
その日も小鬼は、杉の大木の枝にのぼり、ぼんやりと貴船のお社を見ていた。
――歌がきこえてきた。

　君をはじめてみる折《おり》は
　千代《ちよ》も経《へ》ぬべし姫小松《ひめこまつ》
　御前《おまえ》の池なる亀岡《かめおか》に
　鶴こそむれゐてあそぶめれ

どどう、と世界が裂けたようであった。

小鬼のしがみつく杉の枝が質量を失って、宙をおよぐ雲にかわったようであった。見慣れた霊山のかたちが、左右にふたつにわかれて、まんなかに一条の光がたちのぼったのだった。

光のみなもとに歌があった。

お社のまえで、若い女人が歌っていた。

どこまでものびる甘い露のような声音《こわね》であった。

小鬼の身体をひりひりと胴震いさせる声音であった。

たまらず、小鬼は杉の枝からとびおりた。

年端《としは》もいかぬ女童《めのわらわ》のかたちにすがたを変えて、女人のそばへ走っていった。

「君をはじめてみる折は、千代も経ぬべし姫小松」

光のさなかで歌う女人は、風変わりな装束を着ていた。

男の服装である白い水干《すいかん》と袴《はかま》をまとい、しなやかな黒髪のうえには烏帽子《えぼし》をかぶっていた。

そして、右手《めて》には扇を持ち、ゆるりと舞うのだった。

「御前の池なる亀岡に、鶴こそむれゐてあそぶめれ」

ゆるゆると歩を進め、ひたと地を踏む。

（――踏《トウ》）

踏み、踏み、踏んで、めぐる。

（――旋《セン》）

おなじ歌を、女人は三度、くりかえした。

（踏、踏、踏――旋）

くりかえすたびにとぎすまされてゆく歌声に、小鬼はなにかをしゃにむに叫びだしたい心地《ここち》になった。

もうやめてほしいと言いたいのか、もっと歌ってほしいと言いたいのか、わからなかった。

ふつ、と蜘蛛《くも》の糸が切れるように、小鬼をくるしめる懊悩《おうのう》は消えさってしまった。

女人の歌と舞いが、終わったのだった。

「――いまの歌は、なんですか」

小鬼は、ようよう、水干すがたの女人に問いかけた。

女童に化けた小鬼をあやしむこともなく、女人はにこりと笑った。

舞っているときは神々《こうごう》しい美女であったが、間近で言葉をかわすと頬《ほお》にえくぼができてかわいらしかった。

「今様《いまよう》というのですよ」

「いまよう」

「ええ。わたくしは白拍子《しらびょうし》なのです。つねづねのご加護への御礼《おんれい》として、貴船の神さまに舞いを奉納していたのです」

白拍子。

小鬼の耳にも残っている言葉だった。

座興《ざきょう》のために舞い歌う、賤《いや》し女《め》のことだと思っていた。

女人の歌は、舞いは、とうていそんな軽々《けいけい》なものではなかった。

「あなたさまのお歌をもっと聴《き》きたいのです。どこへゆけばよろしいのでしょうか？　みやこへゆけばよろしいのでしょうか？」

小鬼が尋ねると、女人はすこしこまった顔になった。

「みやこにおりますけれども、いまは、きまったお邸《やしき》でしか舞わないのです」

「そうなのですか」

小鬼は落胆した。

あまりに落胆して、わあっと泣きだしてしまった。

なだめるように、女人が言い加えた。

「わたくしの名前は祇王《ぎおう》です。いつか、お目にかかることがありましたら」

「祇王さま」

洟《はな》をすすりながら小鬼は彼女の名をくりかえした。

きっと、きっと、みやこへゆこうと、心にきめた。

――このおかたの今様の光に、ふたたびひれふすために。

このとき、小鬼はまだ知らなかった。

日本《ひのもと》第一の白拍子、祇王御前が、だれの邸にいるのかを。

三年のときにわたって祇王御前を寵愛《ちょうあい》している、日本第一の権力者とは、なにものであるのかを。

＊＊＊

仁安《にんあん》三年（一一六八）、二月。

みやこでもっとも力をもつ男が、死にかけた。

平清盛《たいらのきよもり》である。

いや、いちど死んだともいえる。

重篤《じゅうとく》な病《やまい》に臥《ふ》した清盛は、にじりよる死霊《しりょう》をにらみつつ、五十一歳にして出家をした。髪を剃り、僧形《そうぎょう》となった。死の支度《したく》をしたのである。

さいわいにして清盛は死ななかった。しかし清盛が死ぬやもしれぬという報は、平《へい》家《け》一門のみならず、朝廷をもはげしくゆるがした。院政をもって日本国を統治する後《ご》白河《しらかわ》上皇が、動転して見舞いにかけつけるほどだった。もはや清盛は、この国家にとって、なくてはならぬ男となっていた。

平清盛は、保元《ほうげん》の乱、平治《へいじ》の乱を経《へ》て、いみじき権力争いに勝ちをおさめた平家の棟梁《とうりょう》であった。すぐれた武門の男であり、同時にぬきんでた政治力の持ち主でもあった。従一位《じゅいちい》太政大臣《だいじょうだいじん》という頂《いただき》までのぼりつめたのは、病の前年のことである。後白河上皇と対等にわたりあうほどの地位を、清盛は獲得していた。

清盛は死にはしなかったが、快癒《かいゆ》ののちも、しばらく気が塞《ふさ》いだ。政《まつりごと》の多くを嫡男重盛《ちゃくなんしげもり》にゆずり、おのれは無聊《ぶりょう》を友とした。

清盛の気が晴れるのは、西八条《にしはちじょう》の邸にて宴をもよおすときだった。宴となれば、日本第一の白拍子、祇王御前が、みごとな今様を歌い舞う。

——祇王御前はこの国の宝玉。

祇王の芸にふれたものは、みな口をそろえ、そう讃《たた》える。

日本第一の白拍子が、日本第一の男のもとにあるのは、当然のことである。

祇王は天女のようにうつくしい。歌って舞えば、霊験あらたかなる光が清盛のまなこを撃ちぬき浄《きよ》める。その歌声は、ふくよかに豊穣、そして阿弥陀如来《あみだにょらい》の救済のごとく清冽《せいれつ》である。

祇王が清盛の前で舞うようになって三年がたつ。祇王には祇女《ぎじょ》という妹がおり、この妹も白拍子であった。清盛は祇王の母と妹のために家をつくってやり、月に百石の米と百貫の金子《きんす》をさずけた。めでたき祇王祇女の姉妹の名は、みやこに知れわたった。

　極楽浄土の宮殿は
　瑠璃《るり》の瓦《かわら》を青く葺《ふ》き
　真珠の垂木《たるき》を造りなめ
　瑪瑙《めのう》の扉《とぼそ》をおしひらき

今宵《こよい》も、祇王の歌舞は華々しかった。宴席の客人たちは、感嘆しきりであった。清盛の獲得した栄華《えいが》を極楽浄土の美麗さにたとえて、祇王が歌った。清盛は満足だった。満足だが、いっぽうで、なぜか不愉快でもあった。

なぜであろうか。

「おれはまだ生きねばならぬ」

杯のかげで清盛はひとりごちた。

極楽浄土など見えてはいなかった。

「おれが死ねばこの国は、ばらばらにほどけて終わるのだ……脆《もろ》いのだ。おれがどれほど苦心して拵《こしら》えたとて、それがこの国の実相であった。埒《らち》もない」

「お好きな歌ではございませんでしたか」

祇王御前が傍《そば》に座して、気づかわしげに尋ねた。清盛は相好《そうごう》を崩した。

「よいのだ。よく歌った」

「ありがとうございます」

祇王が安堵《あんど》し、頭《こうべ》を垂れた。

そこへ、家人がひとりあらわれ、清盛の耳にこのような報《しら》せを告げた。

「殿。いましがた、仏御前《ほとけ》と申す白拍子が推参いたしました。殿のお召しにあずかりたいと。昨今評判の白拍子にございます」

「呼んでなどおらぬ。追いかえせ」

清盛はにべもなかった。

「礼儀もわきまえぬ遊びものにとりあってはおられぬ。こちらには祇王がいるのだ、神であれ仏であれ見参《げんざん》はさせぬぞ」

「お待ちくださいませ。お呼びがなくともおのれから推参いたしますのは、わたくしたち白拍子のならいにございます」

とりなしたのは祇王であった。

「わたくしも白拍子でございますから、仏御前のせつなさが他人事ではございませぬ。芸をご覧にならなくとも、せめてご対面のお情けをいただけませぬでしょうか」

「おぬしがそう言うのならば、よかろう」

清盛は怒りをしずめ、仏御前を面前に呼びよせた。

仏御前は、白い水干、朱の袴、黒烏帽子の恰好《かっこう》で、あらわれた。座敷のはしに両手をつき、ふかぶかと礼をした。

「仏にございます」

「歳はいくつだ」

清盛が尋ねた。

仏御前の身体の線は華奢《きゃしゃ》で、まだどこか子供らしいところがある。

「十六にございます」

「どこから参った」

「加賀国《かがのくに》にございます」

神妙に仏は答えた。

――すべて嘘《うそ》であった。

仏御前は、鞍馬山の小鬼であった。

清盛の邸にいる祇王御前と会うために、小鬼は人間の娘に化けた。今様と舞いをおぼえた。みやこで評判になるほどの、りっぱな芸を身につけた。

ようやく念願叶い、祇王のところまでたどりついたのだった。

「そうか」

清盛はといえば、ふと心持ちを昂揚《こうよう》させた表情になった。

仏御前の顔容《かんばせ》は、生身《なまみ》のひととは思われぬ臈長《ろうた》けたものであった。

小ぶりな身体からは、つよく、ひたむきな気魄《きはく》があふれ出ていた。

まことの鬼気、を、清盛は見たのだった。

「歌ってみせよ」

清盛が促した。

「はい」
仏は――小鬼は、うれしかった。祇王にあこがれてここまでやってきて、歌ってもよいとゆるされた。ならば歌うのは、祇王の歌っていたあの今様でなければならない。

君をはじめてみる折は
千代も経ぬべし姫小松
御前の池なる亀岡に
鶴こそむれゐてあそぶめれ

黄泉《よみ》の国の底より汲《く》みあげた硫黄《いおう》のように、あやしい響きで、仏は歌った。

天をも日輪をもおそれぬ罪深い舌をふるわせ、はげしき随喜《ずいき》をかくさずに歌った。

歌声は宴の間にとどまらずふくらみ、西八条の邸をぜんたいにつつみ、居合わせたすべてのひとびとのこころをうった。

仏は、祇王とともに歌いたかった。いっしょに舞いたかった。そのために、ひたすらそのために歌った。だが、どうしてだろう……仏が朗々と歌いあげるほど、祇王のうつくしい顔が翳《かげ》り、眉宇《びう》が曇ってゆく。

なぜなのか、仏にはわからない。

このすばらしき法悦《ほうえつ》を教えてくれた祇王へ、恩返しをしたいとばかり、仏は思っているのだった。

おなじ歌を三度くりかえして、仏は歌いきった。歌いおえてしまうと、なんとはなしに居心地のわるさを感じて、途方に暮れた。祇王と話をしたかったが、どうすればよいのだろうか。

「舞ってみせよ」

清盛が言った。

鼓《つづみ》が鳴らされた。

仏はしかたなく、扇を手にして舞った。

(――踏、踏、踏)

貴船のお社で祇王から感じたまばゆさを瞼《まぶた》の裏によみがえらせて、舞った。

踏み、踏み、踏みしめる。

祇芸の神に奉納する。

(――旋)

めぐる。

いっしんに祇王へむけて仏は舞った。

仏の小気味よい足の運びを、ひどく醒《さ》めたまなざしで清盛は見据えていた。

「もうよい。みごとであった」

清盛が手を振り、鼓の音を止めさせた。

仏は安堵した。はやく帰りたいと思った。舞いを見る清盛の目がこわかったのだ。天下人《てんかびと》の眼力をもって小鬼の正体を見ぬかれてしまったのでは、と危惧《きぐ》するほど。

しかし、清盛はくちびるをゆるめ、意外なことを言った。

「仏よ、おぬしはこの邸から出てはならぬ。これからは、この清盛のために歌い舞わねばならぬ」

「えっ」

仏は茫然《ぼうぜん》とした。

清盛の傍に控える祇王御前が、力なく項垂《うなだ》れるのが見えた。

その意味を悟《さと》り、仏はうろたえた。

「ご堪忍《かんにん》くださりませ。わたくしは、そのようなつもりではございませぬ。このお邸には、そもそも祇王さまがいらっしゃいます。わたくしは、祇王さまのおとりなしでようやくお目通りが叶ったのです。それなのに」

「祇王がいると不都合というのか。ならば、祇王は邸から出てゆかせる」

「いいえ、いいえ！　いけません。本日のところは、わたくしは帰ります。どうかまた、いつでもお召しくださりませ」

「ならぬ。祇王を邸から出す」

清盛は仏の懇願に耳を貸さなかった。

祇王御前は顔色を失い、うつむいていたが、やがて清盛に対して深く頭《こうべ》をさげた。

「これまでのご厚情、まことにありがとうございました」

「どこへなりと行くがよい」

清盛の言いようはあまりに無情だと、仏は思った。

日本国を掌握《しょうあく》する権力者であるから、驕慢《きょうまん》も狼藉《ろうぜき》もゆるされるというのか。

「仏よ。おぬしが歌い舞っているあいだ、祇王がなにを考えていたかわかるか」

仏の考えを相違なく読んだように、清盛が言った。

その双眼は犀利《さいり》であり、語気には憤《いきどお》りのみならず寸分の口惜《くちお》しさが含まれていた。

「おれには手に取るようにわかっているのだ。祇王がひとえに仏を憎み、憎み、憎んだことをな。おれの邸に、醜《みにく》い憎しみの舞いはいらぬ。天の裁定を待つまでもなく、祇王が敗れたのだ」

「……憎しみ……」

仏は、頭のなかが真っ白になった。

いたたまれぬようすで、祇王が袖で顔を覆った。涙を落としながら宴の間を退出した。

そうして、三年住んだ邸を去るまえに、忘れがたみと思ってか、祇王は襖《ふすま》に一首の歌を書きつけていった。

萌《も》え出《い》づるも枯るるもおなじ野辺の草
いづれか秋にあはではつべき

＊　＊　＊

清盛の邸から出された祇王は母と妹の住む家にもどったが、清盛からの月々の米と金子は差し止められてしまった。日本第一の白拍子としての誉《ほま》れは、儚《はかな》く消え去った。

　それでも祇王の歌舞を見たがるものは多く、ひっきりなしに使者がおとずれた。清盛が独占していた祇王御前を、いまこそひとめ見たいものよと、諸方の公卿《くぎょう》貴族が手ぐすねひいて待っていた。

　だが祇王は、ただ伏して泣くばかりであった。

　零落《れいらく》のみじめさと、寵愛をうしなった悲しみで、うちひしがれていた。

　そして「仏を憎み、憎み、憎んだ」と清盛に看破されたことこそが、なによりも胸を灼《や》くのだった。

　あまりに仏の歌声が格別であり、その舞いが冴《さ》え冴《ざ》えと屹立《きつりつ》していたから、祇王はおもわず仏をうらやみ、うとみ、厭《いと》うた。

　なんと醜いこころであろうか。

　天上の雲居《くもい》からふるいおとされても、しかたのないことであった。

　泣きぬれているうちに年が暮れ、翌年の春となったころ、西八条の邸から清盛の使いがやってきた。

「仏御前が、いつまでも所在なさげに気を落としているので、疾《と》く西八条に参り、歌や舞いで仏をなぐさめよ」

それが清盛の命であった。

「酷《こく》でございます！」

祇王はたまらず声をあげて嘆《なげ》いた。

返答をためらっていたら、清盛からは怒気《どき》に満ちた催促があった。

「参らぬというか。参らぬならばそう答えよ。こちらにも考えがある」

平清盛にこうまで言われて参上をことわれば、どうなるか。

「ことわってはなりませぬ。はやくお返事をさしあげるのです」

祇王の母は、こんこんと娘を諭《さと》した。

「この天下に生きるかぎり、清盛さまの仰《おお》せにそむくことはだれにもゆるされないのです。ことわっても生命《いのち》まではとられますまいが、きっとみやこを追いだされてしまう。祇王も祇女もまだ若いのだから鄙《ひな》びた田舎《いなか》でも生きてゆけましょう。しかし年老いた母はみやこの外で生きてゆけませぬ。どうか今生《こんじょう》の孝行、来世《らいせ》の供養と思って、この母のために参りなさい」

母の願いをしりぞけることは、祇王にはできなかった。慟哭《どうこく》をもらしながらも、支度をし、妹とともに牛車《ぎっしゃ》に乗って西八条の邸へと参った。

＊＊＊

清盛の邸にとどめおかれた仏御前は、清盛の命に応じて歌い舞っていたが、だんだんと弱り、ものを食べなくなり、うち沈んで日々を暮らすようになった。

清盛は仏を憐《あわ》れに思い、きらびやかな衣をおくり、めずらしい鳥なども見せてやったが、仏は悲しげな顔をしている。

「おぬしは、このおれのもとにいるかぎり、なんであろうと望みが叶うのだ。なぜ、そのことを喜ばぬ」

「なんであろうと望みが叶うのですか」

仏はくりかえした。

「そうよ」

清盛はうなずいた。

それでいて、おのれの言葉が空疎《くうそ》にただようことを清盛は知っていた。

多くの望みは叶う。

だが、叶わぬ望みもある。

この世に不滅はない。

平清盛もいずれ死ぬのだ。

かならず滅《めっ》して、どこかへ往くのだ。

「おれはおぬしの歌が好きなのだ。この世のものではない歌を聴き、この世のことをいっとき忘れるのが、好きでたまらぬのだ。なんなりと望みを言うがよい」

「わたくしはそれほどのものではございませぬ」

仏は身のすくむ思いで答える。

すると、清盛はさらりと言い当てるのだった。

「おぬしは人間ではないであろう」

僧形となっても弛緩《しかん》せぬ武芸者の五感を、この男は持ちあわせている。

仏はおそろしさに声を失った。

「お戯《たわむ》れを……。ただ、わたくしは」

袖に眦《まなじり》をおしあて、仏はほろほろと涙をこぼした。

ついに、まことの思いを言った。

「わたくしは、祇王御前にお目にかかりたいのです」

「祇王に」

清盛は、胸をつかれた。

たしかに祇王は、うつくしい白拍子であった。

しかし俗欲に敗れた。

仏御前を憎み、清盛の寵愛を得ることに執着した祇王の顔は、鬼のように凄惨であった。

「祇王はおぬしに敗れ、舞いの神髄《しんずい》を失ったのだ。もはや見る価値はない」

「それでもわたくしを導いてくださったのは祇王さまなのです」

仏は頑として言いつのった。

ならばと、清盛は祇王に使いを出し、西八条の邸に呼びつけた。

祇王はしぶったが、つよく催促をしてやれば、やむなしという風情であらわれた。

いつも祇王が舞っていた奥の広間ではなく、はるかに格のさがった座敷に、宴の席が設けられた。

この仕打ちに、祇王の双眼にみるみる涙が光った。仏も動揺した。

「どうか、どうか奥の間で、祇王さまとお目にかかりたく存じます」

「これでよいのだ」

清盛は仏の言葉をはねつけた。

「久しいな、祇王よ。変わりはないか。仏が退屈をしているのだ。気の晴れる今様を歌ってやれ」

こころない注文をした。

祇王がふと、くちびるを一文字にひきむすんだ。

泣くばかりであった今日までの日々に、しかと区切りを置く面持ちだった。

――もはや泣くものか。

ひとりの白拍子の意地と覚悟を、涙を拭った目元に匂わせた。

顎をたかくあげ、凛乎《りんこ》として歌った。

絹地のようにつややかな声で。

篝火《かがりび》のようにあからかな声で。

仏も昔は凡夫《ぼんぶ》なり
われらも終《つい》には仏なり
いづれも仏性《ぶつしよう》具《ぐ》せる身を
へだつるのみこそかなしけれ

(――仏も昔は凡人であった。われらも最後に仏となるであろう。いずれも仏性をそなえる身でありながら、ふたつにへだてられる悲しさよ)

祇王の力ある歌声を浴び、仏はぶるぶると全身をふるわせた。

ああ、もしや祇王さまはこれきり今生を去るおつもりか。

そう思った。

かの歌声は、浮世につなぎとめるものをふりはらい、遠き涅槃《ねはん》にむかってゆく光芒《こうぼう》そのものであった。

――仏も昔は凡夫なり。

ちがう。仏は、小鬼なのだ。けれど、清盛の邸にとどまっているうちに、自分がなにものなのか小鬼自身にもわからなくなってしまっていた。人間に化けた術をといて元の小鬼にもどりたいと思うのに、もどりかたはぼんやりと曖昧《あいまい》なままだった。

身体いっぱいに魂を満たして天空へ投擲《とうてき》するように、いたく晴れやかな声で祇王は二度、歌いあげた。

宴席に並んだ平家一門の公卿、殿上人《てんじょうびと》、諸大夫《しょだいぶ》、侍、だれもがこころを突き動かされ、感涙《かんるい》を惜しまなかった。

「われらも、終には仏なり」

清盛は、口のなかでその一節をつぶやいた。

その言葉は、清盛の餓《かつ》えを癒《い》やしはしなかった。

やはり祇王には、清盛を救うことはできないのだった。

だれも清盛を救いはしない。

「おれはいまだ、仏にはならぬ」

出家してもなお、仏にはなれぬ。

それが、清盛の宿業であった。反平家の火の手があがれば、武門の長として戦わねばならぬ。この平家の世をくつがえすものすべてと、戦わねばならぬ。

生きねばならぬ。

それでも祇王の歌は、清盛の胸にしみた。

「よく歌った」

清盛は、祇王を褒《ほ》めた。

祇王は瞑目《めいもく》し、一礼をした。

＊＊＊

西八条の邸を出た祇王は、母のいる家にもどると、おちついた表情で言った。

「この世に思い残すことはございません。これ以上の歌も舞いも、わたくしには必要ありません。かくなるうえは、みやこの外に参り、出家し、尼となって清盛さまの後世をお祈り申しあげようと思います」

なぜ清盛の来世の安楽を願うのか。

祇王自身にも、おのれのこころは、はかりしれぬものだった。

清盛を怨《うら》みたくはないのだ。

ひとの醜さを見ぬく清盛のことを、おそれもするが、愛《かな》しくも思うのだった。

「お姉さまが世をお捨てになるのなら、わたくしもいっしょについてゆきます」

妹の祇女が言った。

母も祇王の覚悟をさとり、もうひきとめようとはしなかった。

「わかりました。あなたたちのこころが決まっているのならば、母もともに参りましょう」

三人はみやこを出て、尼となった。嵯峨《さが》の奥の山里に、ささやかな庵《いおり》をむすび、念仏の日々をおくった。

春がゆき、夏が暮れた。

秋の初風が吹いて、夜空に牽牛《けんぎゅう》織女《しょくじょ》の星が邂逅《かいこう》する七夕《たなばた》のころとなった。黄昏《たそがれ》時もすぎ、かすかな灯火をたてて、親子三人が念仏していたときである。

ほとほとと、竹の編戸をたたくものがあった。

「祇王さま。こちらは、祇王さまの庵にございますか。仏でございます」

訪《おとな》う声は、たしかに仏御前のものであった。

祇王がおどろき、編戸をひらくと、衣《きぬ》をかぶった仏御前がそこに立っている。

祇王の顔を見ると、仏は感極まってはらはらと涙を流した。

「ようやく、清盛さまのお邸から逃げだして参りました。祇王さま、わたくしはあなたさまにどうしてもお願いしたいことがあるのです。どうか、どうか、いちどでよいのです。わたくしといっしょに歌い、舞っていただけませぬか」

「どうしたことでしょう。わたくしはもう世を捨てた身なのです。歌も舞いも捨てたのですよ」

祇王は困惑した。

仏は、ますます涙をこぼすと、ふしぎなことを言った。

「わたくしは鞍馬山の鬼なのです。なのに、あなたさまの歌と舞いがすばらしすぎて、あなたさまになりたいとばかり考えておりましたら、ほんとうの自分にもどれなくなってしまったのです。このまま山に帰ろうと思います。ですがどうしても祇王さまに焦《こ》がれるこころをおさえられないのです」

「鬼」

なにかの比喩《たとえ》であろうかと祇王は思案する。仏はかまわず言いつのる。

「わたくしを憎く思われますのは当然でございます。鬼は憎まれるものですから。祇王さまには、なにひとつ落ち度はなかったのです。祇王さまが書きのこしてゆかれた歌、『いづれか秋にあはではつべき』(互いに、秋になれば枯れて、飽《あ》きられればご寵愛も離《か》れるでしょう)——忘れることはできませぬ。あれほどに祇王さまを苦しませてしまうと知っていれば、みやこになど参りませんでしたのに」

「いいえ。あなたの芸に、わたくしは、負けました。あのような歌は、つまらぬ怨みを晴らすためのもの」

祇王はおもわず仏の肩に手を添え、しかと言いきかせた。

「仏御前。あなたはわたくしに、たいせつなことをお教えくださりました。ただただおのれの境涯を嘆き泣くばかりであったわたくしを、立ちあがらせ、歌わせてくださりました。憎んでなどおりませぬ」

「では、どうか」

祇王の手におのれの手をかさね、仏がかきくどいた。

「どうか、わたくしと舞っていただけませぬか」

仏のかぶった衣が落ちると、その黒髪はばさりと短く切られているのだった。仏も出家していたのである。

「仏御前。わかりました」

祇王は仏の手を握りかえし、自分も涙を流しながらうなずいた。

「もういちどだけ、あの今様を歌いましょう」

＊＊＊

黎明《れいめい》の薄明かりが東の空の藍《あい》色を溶かすころ、嵯峨の竹林にふたりの白拍子が立ちあらわれた。

髪を落としたとはいえ両人ともにうつくしく、背筋をのばして水干と袴をまとい、烏帽子を身につけたなら、そこは天下一の宴席と変わりはしなかった。

仏も昔は凡夫なり
われらも終には仏なり
いづれも仏性具せる身を
へだつるのみこそかなしけれ

胸に養《やしな》った火焔《かえん》を、声音にこめ。

なまなましき鼓動を、ひと足のさばきにこめて。

祇王は歌う。

幾百《いくひゃく》の日々をかけて焦がれた憧憬《どうけい》の歌声に、舞いに、仏は慄然《りつぜん》とし、陶酔し、涙を落とした。

祇王の声とあわせて仏が歌えば、ふたつの声が求めあうかのようにからまりあい融《と》けあって、鄙びた竹林もいまや仙境と化すのだった。

なんという酩酊《めいてい》。


(踏)

ひとつに呼吸をそろえて足を運べば、見も知らぬ純白の極北が、仏の脳裏《のうり》にひらめくのだった。

なんという法悦《ほうえつ》。

（踏、踏、踏――旋）

――祇王さまとわたくしの境目がなくなってゆく。

水干の袖をなびかせて仏は思う。

ぴんと張った糸で、つよく結ばれているようだ。

ああ、さみしくない。

（へだつるのみこそ）

（かなしけれ）

（仏も昔は鬼なりき）

（われらも終には）

終には。

おなじところへ。

「いづれも仏性具せる身を」

近づいてくる夜明けにむけて、祇王は舞った。

仏性をそなえるのは、すべてこの世にあるもの。
平清盛という、あらぶる鬼——でさえ。
阿弥陀仏よ、お救いあれ、と祇王は祈った。
「へだつるのみこそかなしけれ」
宙空にかざした仏の指先が、退紅色《あらぞめ》の朝焼けに透けた。
(踏、踏、踏——)
(旋)
そして朝陽のなかに染みいるように、ふいと仏のすがたは消えうせた。
あとには、涼やかな香りだけが漂った。
鞍馬山の青葉の香り。
「——ああ。行ってしまわれた。あのおかたは、ほんとうに鬼だったのだろうか」
のこされた祇王は、おのずと両の掌《てのひら》をあわせた。
来光にむけて。
「どうか、清盛さまをお救いくださいませ」
祈った。
かつて鬼だった仏へと。

注　この作品は書下ろしとして、二〇二〇年十月、小社から単行本で刊行され、「ほとけも昔は鬼なりき」は文庫化に際し、書き下ろされたものです。

——編集部

あとがき

文庫化にあたり、新作短編「ほとけも昔は鬼なりき」を収録いたしました。

この短編は『われ清盛にあらず』の続編ではありません。

清盛《きよもり》や祇王《ぎおう》といった題材を、新たに、別の鏡にうつしてみたお話です。

おなじ人物に基づいているが、小説としては別、というかたちをとりました。

源平《げんぺい》の戦《いくさ》にまつわるひとびとを、何度でも、新しい鏡にうつして書きたいと思っています。

わが国の歴史にたしかに存在したひとびとを書くことは、気安い仕事ではありませんが、巌《いわお》に釘で刻むがごとき文字のひとつひとつが私にとっては宝であり生きる理由となりました。

書けて嬉《うれ》しかったです。

お読みくださってありがとうございます。

装画の佳嶋《かしま》さん、装幀の芦澤泰偉《あしざわたいい》さん、担当編集者のH氏に御礼申しあげます。

若木未生

主要参考文献

『平家物語』梶原正昭・山下宏明（校注）岩波書店
『新版　平家物語』杉本圭三郎（訳注）講談社
『保元物語』岸谷誠一（校訂）岩波書店
『平治物語』岸谷誠一（校訂）岩波書店
『将門記　陸奥話記　保元物語　平治物語』柳瀬喜代志・矢代和夫・松林靖明・信太周・犬井善壽（校注・訳）小学館
『保元の乱・平治の乱』河内祥輔　吉川弘文館
『保元・平治の乱を読みなおす』元木泰雄　日本放送出版協会
『平清盛の闘い　幻の中世国家』元木泰雄　ＫＡＤＯＫＡＷＡ
『平清盛』五味文彦　吉川弘文館
『平家後抄　落日後の平家』角田文衞　講談社
『待賢門院璋子の生涯　椒庭秘抄』角田文衞　朝日新聞出版
『西行全歌集』久保田淳・吉野朋美（校注）岩波書店
『西行論』吉本隆明　講談社

『新訂　梁塵秘抄』佐佐木信綱（校訂）　岩波書店
『頼朝の精神史』山本幸司　講談社
『頼朝の天下草創』山本幸司　講談社
『現代語訳　吾妻鏡』五味文彦・本郷和人（編）　吉川弘文館
『平家物語図典』五味文彦・櫻井陽子（編）　小学館
『図説　合戦地図で読む源平争乱』関幸彦（監修）　青春出版社
『有識故実図典』鈴木敬三　吉川弘文館

一〇〇字書評

切り取り線

購買動機（新聞、雑誌名を記入するか、あるいは○をつけてください）

□（　　　　　　　　）の広告を見て	
□（　　　　　　　　）の書評を見て	
□ 知人のすすめで	□ タイトルに惹かれて
□ カバーが良かったから	□ 内容が面白そうだから
□ 好きな作家だから	□ 好きな分野の本だから

・最近、最も感銘を受けた作品名をお書き下さい

・あなたのお好きな作家名をお書き下さい

・その他、ご要望がありましたらお書き下さい

住所	〒				
氏名		職業		年齢	
Eメール	※携帯には配信できません		新刊情報等のメール配信を 希望する・しない		

この本の感想を、編集部までお寄せいただけたらありがたく存じます。今後の企画の参考にさせていただきます。Eメールでも結構です。

いただいた「一〇〇字書評」は、新聞・雑誌等に紹介させていただくことがあります。その場合はお礼として特製図書カードを差し上げます。

前ページの原稿用紙に書評をお書きの上、切り取り、左記までお送り下さい。宛先の住所は不要です。

なお、ご記入いただいたお名前、ご住所等は、書評紹介の事前了解、謝礼のお届けのためだけに利用し、そのほかの目的のために利用することはありません。

〒一〇一－八七〇一
祥伝社文庫編集長　清水寿明
電話　〇三（三二六五）二〇八〇

祥伝社ホームページの「ブックレビュー」からも、書き込めます。
www.shodensha.co.jp/bookreview

祥伝社文庫

われ清盛《きよもり》にあらず　源平天涯《げんぺいてんがい》抄《しょう》

令和 5 年 10 月 20 日　初版第 1 刷発行

著　者　若木未生《わかぎみお》
発行者　辻　浩明
発行所　祥伝社《しょうでんしゃ》
東京都千代田区神田神保町 3-3
〒 101-8701
電話　03（3265）2081（販売部）
電話　03（3265）2080（編集部）
電話　03（3265）3622（業務部）
www.shodensha.co.jp

印刷所　萩原印刷
製本所　ナショナル製本
カバーフォーマットデザイン　芥　陽子

Printed in Japan ©2023, Mio Wakagi　ISBN978-4-396-35016-1 C0193